folio cadet
premiers romans

Paula Danziger
Bruce Coville et Elizabeth Levy

# Lili Graffiti monte à cheval

Illustré par Anthony Lewis

GALLIMARD JEUNESSE

Traduit de l'anglais
par Marie Leymarie

Titre original : *Amber Brown horses around*
Édition originale publiée par G. P. Putnam's Sons,
The Penguin Group, U.S.A, 2014

*À Margareth Frith et Susan Kochan,*
*merci d'avoir veillé sur Lili pendant toutes ces années.*
*Toute notre affection.*

*Nous remercions particulièrement :*

*Kathy Coville, Carrie Danziger et Ellen Yeomans*
*pour leurs commentaires sincères et précieux.*
*Le New York Therapeutic Riding Center*
*pour leur connaissance approfondie des chevaux.*
*Annemiek « Mieks » Gersten, de Brant Lake Camp,*
*pour ses conseils avisés.*
*Olivia Fleur Kane pour son expertise de cavalière.*
*Spencer Kane, Houldin, Jonas Marcovitz, I*
*sabel et Noah Kirby pour avoir patiemment répondu*
*à nos questions sur les enfants de l'âge de Lili.*
*Hunter Kane, Julia et Sam Ringel*
*pour toutes leurs blagues.*

## ▪ CHAPITRE 1 ▪▪▪

Moi, Lili Graffiti, je trouve que la vie est belle.

Fini le CM1 ! Demain, je pars en colo à Cushetunk.

Ça, c'est pour la bonne nouvelle.

La mauvaise, c'est que je dois faire mes bagages.

Et je déteste ça. Il y a trop de décisions à prendre !

Je suis en train de contempler la pile de vêtements sur mon lit quand maman et Max frappent à la porte.

Je le sais, parce qu'elle est ouverte.

Il faut dire que je leur ai appris à frapper en toute circonstance, porte ouverte ou pas.

Max est mon beau-père. Au début, quand il a commencé à sortir avec maman, je lui ai pourri la vie. Mais maintenant, ça va, je l'aime bien.

– Entrez, dis-je.

Maman a apporté la liste du trousseau que nous a envoyée la colo. J'ai toujours aimé les listes, mais celle-là est particulièrement chouette, parce qu'il y a de petites cases à cocher pour chaque objet. C'est très pratique.

Par contre, ils ont oublié des trucs. Ils n'ont pas mis « Gorille », ni « réveil-tirelire-cochon-barbotant-dans-un-bain-moussant ». Je crois que je vais devoir les laisser à la maison. J'aurais préféré les emporter… mais j'ai peur que les autres se moquent de moi.

C'est parfois difficile de faire le tri entre ce qui est « bébé » et ce qui est OK.

– Je suis passé au supermarché t'acheter

ce qui te manquait, annonce Max en montrant le sac plastique qu'il tient à la main.

Moi qui croyais aimer les listes, ce n'est rien comparé à Max. Il ADORE les listes.

Il adore aussi les étiquettes. Je pense que ça doit aller ensemble. Il a passé un temps fou à coller au fer à repasser des étiquettes avec mon nom sur tous mes tee-shirts et mes shorts. Je ne l'ai pas laissé s'occuper de mes culottes. Ça, je préfère que ce soit maman qui le fasse.

Quand j'ai demandé à Max comment il était devenu un as du fer à repasser, il m'a expliqué que c'était la conséquence d'avoir vécu seul si longtemps.

Il sort une brosse à dents de son sac.

– Regarde ça, Lili, tu vas adorer. Elle a un minuteur intégré et elle s'allume au bout de deux minutes.

Deux minutes, c'est le temps que le dentiste voudrait que je passe à me brosser les dents. En général, je ne tiens pas si longtemps. Donc la lumière, c'est pas mal.

– Tu peux aller chercher les serviettes, Max ? demande maman.

Une fois qu'il est parti, elle ramasse un de mes tee-shirts et lit l'étiquette.

– Lili Graffiti. Je suis contente de t'avoir donné un nom si joyeux.

Moi aussi, j'aime beaucoup mon nom. Mais je suis triste que maman ne s'appelle plus Graffiti : depuis qu'elle s'est mariée avec Max, elle est devenue Mme Turner.

Max, de retour, pose une pile de serviettes sur le lit, puis il s'avance vers mon bureau.

– Vérifie bien qu'il y a ton nom sur chaque chose avant de la ranger dans ton sac.

– Ce n'est pas la peine d'en mettre sur tout, intervient maman. Personne n'écrit son nom sur un tube de dentifrice !

Je regarde Max. Il a un dentifrice dans une main et un marqueur à pointe fine dans l'autre. Il baisse le bras en essayant d'avoir l'air naturel.

J'éclate de rire.

– Grillé !

Maman soupire.

– Oh, Max. Encore un peu, et tu vas écrire son nom sur ses paquets de chewing-gum !

Je ne saurais pas dire si elle est amusée ou exaspérée.

Les bagages finis, ils redescendent au rez-de-chaussée.

– N'oublie pas qu'on part pour l'aéroport dans quinze minutes ! me lance maman par-dessus son épaule.

C'est ce soir que Justin Morris, mon meilleur ami de toujours, arrive d'Alabama. Il part avec moi à Cushetunk ! Et ça, c'est juste… génial ! Il faut dire que je ne le vois presque plus jamais, parce qu'il est arrivé ce qui pouvait arriver de pire : ses parents ont déménagé en Alabama ! Je trouvais qu'ils auraient dû laisser Justin pour qu'on continue à aller à l'école ensemble, mais ils ont refusé. On va se retrouver en colo pour quatre semaines entières. Je suis tellement excitée que j'ai peur que ma tête explose avant même qu'on parte pour l'aéroport.

Pour éviter que ma tête explose, je décide de regarder mes mails. Je n'en ai reçu qu'un seul ces derniers jours… c'était pour me féliciter d'avoir été admise en CM2. Mon nom de messagerie, c'est Lilipasgribouillis.

Quand j'ouvre la boîte de réception, je vois que Brandi Colwin nous a envoyé un message à Kelly Green et moi.

Brandi et Kelly sont mes meilleures amies à l'école, et elles viennent aussi. Ça va être giga-top-cool !

L'objet du message, c'est: « Flash info ! Flash info ! Flash info ! »

Brandi veut devenir journaliste, alors elle s'entraîne. C'est comme ça qu'elle nous prévient quand elle a une nouvelle importante à nous annoncer.

J'ouvre son message, et pousse un gémissement.

# CHAPITRE 2

Je ne regarde pas très souvent les nouvelles à la télé, mais un peu plus depuis que Max vit avec nous.

J'ai remarqué une chose : la plupart des nouvelles sont mauvaises.

Le message de Brandi appartient clairement à la catégorie des mauvaises nouvelles.

CATA ! JE VIENS D'APPRENDRE QU'HANNAH BURTON VIENT AUSSI À CUSHETUNK !!

Je voudrais me taper la tête contre le clavier. Hannah et moi, on est dans la même classe depuis toujours, mais on n'a jamais pu s'entendre.

Hannah Burton est pire qu'un morceau de papier d'alu sur les dents… pire que de la poudre à gratter dans le dos… et même pire qu'une crotte de nez géante dans votre bol de soupe.

J'écris : « Et si jamais on est dans le même dortoir qu'elle ? »

Avant que Brandi ait pu répondre, Max m'appelle :

– Il est temps de partir !

Tandis que maman et Max finissent de rassembler leurs affaires, je bondis de ma chaise, dévale l'escalier et grimpe dans la voiture.

– J'ai vérifié le vol, annonce Max en s'installant à la place du conducteur. Il est à l'heure.

J'ai l'impression que l'aéroport est à des milliers de kilomètres. Chaque panneau de stop et chaque feu rouge me donnent envie de hurler. Je voudrais y être tout de suite.

Maman et Max papotent comme si tout était normal. Ils parlent des films qu'ils ont envie d'aller voir pendant que je ne serai pas là. Ça me plaît moyen comme discussion… Je trouve qu'ils devraient rester à la maison, à s'ennuyer de moi. Je sais que c'est idiot, mais je ne peux pas contrôler ce que je ressens.

Quand on arrive enfin à l'aéroport, on doit encore parcourir des millions de milliards de kilomètres du parking jusqu'au point de rencontre. Comme Justin est un enfant qui voyage seul, un des membres du personnel de bord doit attendre avec lui.

Là, je le vois ! Mais lui, il ne me cherche même pas ! Il est occupé à discuter avec la dame en uniforme qui marche à côté de lui. Elle a un air très officiel. Et elle est aussi très jolie. Va savoir pourquoi, ça m'énerve.

Il se tourne soudain dans notre direction.

– Lili !

Il court vers moi. Exactement comme quand il est venu pour le mariage de

maman et Max. On se jette presque dans les bras l'un de l'autre, mais on s'arrête juste à temps.

Je l'examine. Ses cheveux sont plus longs et sa peau plus bronzée. À part ça, il n'a pas changé. Puis il sourit, et je découvre qu'il porte des bagues !

– C'est Mlle Block, nous présente Justin. Elle s'entraîne pour devenir pilote.

Mlle Block serre la main de maman et de Max, puis leur demande leurs papiers d'identité pour vérifier que c'est bien eux qui doivent emmener Justin. Puis maman la remercie et elle s'éloigne. Justin la suit des yeux.

Quand je lui donne une tape sur l'épaule, il se retourne et confie :

– Je crois que j'aimerais être pilote quand je serai grand.

– Allez, l'homme de l'air, dit Max, il faut aller chercher tes bagages.

Je lui demande :

– T'avais pas peur de voyager seul ?

– Non, c'était marrant. J'aurais juste préféré qu'ils fassent un peu moins attention à moi, mais au moins, j'avais une télé pour moi tout seul. Ça, c'était cool !

Les valises arrivent sur un grand tapis roulant ovale, un peu comme un manège, sauf qu'il n'y a pas de chevaux. Les valises et les sacs à dos défilent devant les gens qui attendent. J'aurais adoooré grimper dessus et faire un tour. Je suis sûre que c'est rigolo !

– N'y pense même pas ! me dit Max d'une voix ferme.

Hum. Je crois que Max commence à me connaître un peu trop bien.

– C'est la mienne ! s'exclame Justin en désignant une grosse valise.

Max la soulève du tapis roulant.

– Ouf ! Qu'est-ce que t'as mis là-dedans ? Ton petit frère ?

– J'espère bien que non ! s'exclame Justin. Si je vais en colo, c'est justement pour lui échapper !

On rit et on part en direction de la voiture.

Dès qu'on est arrivés, je l'attrape par le bras.

– Viens, je vais te montrer ma nouvelle maison.

– Bonne idée, approuve maman. Pendant ce temps, on allume le barbecue. On fête votre départ ce soir.

Une fois dans ma chambre, je lui montre la place spéciale, dans mon placard, où je garde notre boule de chewing-gum.

On a commencé à la fabriquer il y a très longtemps, quand on était en CE1. Au moment où Justin a déménagé, il a voulu la jeter et ça a déclenché la plus grosse dispute qu'on ait jamais connue. Je suis bien contente qu'on l'ait gardée. Ça prouve qu'on restera toujours amis.

– J'avais peur que ta mère t'oblige à la jeter quand t'as déménagé, me dit-il.

– Elle a essayé. Mais j'ai tenu bon. Tu as apporté des chewing-gums ?

Il secoue la tête.

– Je n'ai plus le droit, avec mes bagues. Tu vas devoir mâcher pour deux.

J'enfourne deux chewing-gums dans ma bouche et je mâche jusqu'à ce qu'ils aient la consistance parfaite, puis je les ajoute à la boule. Mais ce n'est pas pareil.

– Ça fait mal, les bagues ? Pourquoi tu ne m'as rien dit ?

Il hausse les épaules. Ça a l'air d'être sa réponse aux deux questions à la fois. Je décide de changer de sujet et lui annonce qu'Hannah Burton vient en colo avec nous.

Il n'a pas l'air aussi catastrophé que moi,

même s'il connaît Hannah et qu'il ne l'aime pas plus que moi. Il dit juste :

– Je n'arrive pas à croire que demain, on sera là-bas. J'ai hâte de pouvoir nager jusqu'à la montagne flottante.

– Comment une montagne peut flotter ?

– Ce n'est pas une vraie montagne, maligne. C'est une montagne gonflable sur un radeau.

Il voit ma tête et demande :

– Qu'est-ce qu'il y a ?

– Est-ce qu'elle est loin de la rive ?

Justin redresse légèrement la tête.

– Tu n'es pas très à l'aise dans l'eau, c'est ça ?

Il a deviné. C'est sidérant qu'il sache encore lire dans mes pensées. Je suis heureuse d'avoir un ami comme ça !

Mais il n'a pas tout lu. Moi, Lili Graffiti, je ne sais pas nager *du tout.* Au moment où la plupart de mes amis prenaient des cours de natation, mes parents ont divorcé. Du coup, ce n'était plus au premier plan de leurs préoccupations. Si papa ou maman me l'avait proposé, j'aurais sans doute accepté. Mais comme je déteste mettre la tête sous l'eau, je n'ai jamais abordé le sujet de moi-même.

Jusque-là, j'ai toujours réussi à le cacher. Quand on va à la mer, je saute dans les vagues en poussant de grands cris, mais je ne m'éloigne pas du bord. Et à la piscine, je reste là où j'ai pied et je fais semblant de m'amuser comme une petite folle.

J'ai le pressentiment que ça ne va pas suffire.

Tout à coup, moi, Lili Graffiti, j'ai peur.

Pas seulement à cause de la nage. Là-bas, tout sera différent. Et je ne suis jamais partie pendant si longtemps.

Et si mes parents me manquent ?

Si la colo n'est pas terrible ?

Si je fais une bêtise et si je me comporte comme un bébé ?

J'ai soudain envie de rester à la maison. Mais il est trop tard.

Demain, on part pour Cushetunk.

# ▪ CHAPITRE 3 ▪▪▪

– Lili, c'est pour toi !

Maman me tend le téléphone d'une main, tandis qu'elle consulte sa montre de l'autre.

Je prends le combiné.

– Bonjour, Lili, déclare la voix de mon père contre mon oreille. Je voulais juste te souhaiter bonne chance et te redire comme j'aurais aimé t'emmener moi-même demain.

Il a l'air dépité, mais c'est idiot. Justin, moi et nos deux énormes valises, on n'aurait pas tenu dans sa petite voiture de sport, qu'il appelle *Pimienta* et que maman appelle « sa crise de la quarantaine ».

– Tu vas beaucoup me manquer, dit-il. On est très impatients de venir te voir.

– Qui ça, on ?

– Isobel et moi, répond-il, comme si c'était évident.

Isobel est la petite amie de papa. Pour moi, c'est toujours Mlle Isobel, parce que c'est comme ça qu'on l'appelait quand elle venait nous apprendre les danses de salon à l'école. C'est à cette occasion que papa l'a rencontrée. Au début, quand ils ont commencé à sortir ensemble, ça m'a fait très bizarre… Maintenant, je me suis habituée, mais je ne m'attendais pas à ce qu'il vienne avec elle.

Il n'y a qu'un seul week-end où les parents ont le droit de nous rendre visite. Papa et maman se sont partagé les jours, parce qu'ils ne veulent pas se retrouver ensemble. Vu que maman et Max m'emmènent, c'est papa qui viendra en premier, le samedi.

Pour moi aussi, c'est plus simple : au moins, je n'aurai pas peur qu'ils se disputent.

Ça me rend dingue de devoir me faire du souci pour des trucs pareils. Si seulement les adultes pouvaient se comporter plus… en adultes !

– Tu vas être étonné quand tu vas voir Justin, dis-je à papa, en partie pour changer de sujet. Il a des bagues !

– Ah, je me souviens que moi aussi, j'avais des rails de chemin de fer sur les dents. Dis-lui de ne pas s'approcher d'un aimant !

Mon père n'est pas toujours aussi drôle qu'il le pense.

– Écris-moi vite pour me raconter les premiers jours.

Je vais devoir écrire des lettres à la main, parce que la colo n'accepte ni les mails ni les téléphones portables. Je réalise que je devrai écrire deux lettres par semaine, tandis que Justin n'en aura qu'une.

Le divorce de mes parents est la pire chose qui me soit arrivée. Mais parfois, c'est des tout petits détails, comme qui va m'amener ou devoir écrire deux lettres au lieu d'une, qui deviennent tout à coup insupportables. Je sens la colère monter en moi. Je ne veux pas terminer le coup de fil par une dispute, alors je lui dis que je dois y aller.

– On fait un concours de bisous ? propose-t-il.

Je commence immédiatement à faire des smacks.

– Hé, c'est pas juste ! proteste-t-il. On n'a pas dit : « Partez ! »

Mais il se met à faire des bruits de bisous lui aussi. Celui qui fatigue le premier a perdu. Je sais que je vais beaucoup lui manquer, alors, même si mes lèvres me tirent, je continue.

– Tu as gagné ! s'exclame-t-il enfin. Merci, Lili. Je vais garder tous ces bisous en réserve pour quand tu seras partie. Profite bien de ta colo !

Après le coup de téléphone, maman prépare mon petit déjeuner préféré pour Justin et moi : muffins anglais, avec une épaisse couche de beurre de cacahuète et des sourires en M&M's.

Max nous rejoint dans la cuisine.

– Est-ce que tu peux manger du beurre de cacahuète avec tes bagues ? demande-t-il à Justin d'un ton inquiet.

Justin hoche juste la tête, parce qu'il a déjà la bouche pleine de muffin.

– J'ai chargé la voiture et programmé le GPS, annonce Max en s'asseyant.

Je n'ai pas l'habitude de vivre avec quelqu'un d'aussi organisé. Parfois, c'est très pratique et parfois, ça me rend folle.

Aujourd'hui, je trouve ça cool.

Pendant le trajet, Max propose :

– Jouons à « Dans mon corbillon, que met-on ? »

– Le cercueil ! s'exclame Justin.

– Pas corbillard, rigolo, lui dit Max. Le corbillon, c'est une petite corbeille. On jouait tout le temps à ça, dans ma famille, quand on était en voiture. On commence en disant: « Dans mon corbillon, que met-on ? Un carillon. » Sauf que ce n'est pas forcément un carillon, tu peux choisir ce que tu veux du moment que ça se termine par « on ». Le suivant doit répéter la phrase, et ajouter un nouvel objet. Allez, on essaie. Dans mon corbillon que met-on ?... Un clairon. À toi, Lili !

Il faut que je trouve un mot qui se termine par « on ». Je choisis « potiron ». Ça paraît facile, comme ça. Mais ça se complique vite, parce que la liste ne cesse de s'allonger.

Quand c'est à nouveau mon tour, j'énumère :

– Dans mon corbillon, que met-on ? Un clairon, un potiron, un pompon... un caméléon, une tarte au citron et une maison.

– Dans mon corbillon, que met-on ? Un clairon, un potiron, un pompon, un caméléon, une tarte au citron, une maison et un avion, enchaîne Justin.

– C'est un très grand corbillon, fait remarquer maman en riant.

On rit tous avec elle.

Son tour venu, elle s'emmêle les pinceaux. J'ai l'impression que Max, lui, pourrait continuer pendant des heures. Sa tête doit être aussi organisée que sa vie, avec des étiquettes et tout.

À mi-chemin, on s'arrête pour acheter des glaces. Je choisis pistache. Justin dit qu'on devrait appeler ça « crotte de nez » à cause de sa couleur. Mais ça ne l'empêche pas de faire ce qu'on fait toujours quand on a des glaces… On appuie nos boules l'une contre l'autre pour que j'aie un peu de son chocolat et lui un peu de ma pistache. Il faut appuyer très doucement, sinon les boules se retrouvent par terre.

Justin et moi, on a payé cher pour le savoir.

Max trouve ça rigolo. Mais pas maman. Quand il lui propose de faire pareil, elle lève les yeux au ciel et dit :

– J'ai l'impression d'être avec trois enfants !

Et après, elle l'embrasse pour lui montrer qu'elle ne le pense pas vraiment.

– Les bisous, c'est encore meilleur que les glaces, déclare Max.

On se nettoie le visage… Le mien est marron d'un côté, et vert de l'autre… Puis on s'entasse à nouveau sur la banquette.

On s'amuse tellement en jouant au corbillon qu'on entend à peine le GPS annoncer qu'on n'est plus qu'à six kilomètres de la colo.

J'étais tellement concentrée sur le jeu que j'ai oublié de regarder le paysage. Je découvre qu'on est dans une région très verte et très vallonnée. La colline à notre droite est si haute que je me demande si ce n'est pas une montagne. D'ailleurs, à partir de quand une colline devient-elle une montagne ? Est-ce que les petites collines rêvent de devenir des montagnes quand elles seront grandes ?

Parfois, même moi, je pense que ce que je pense est idiot.

– Bienvenue à la colo de Cushetunk ! crie Justin en désignant un panneau en bois.

On gravit une colline à travers une forêt de pins. Quand on arrive dans une clairière, des flèches nous indiquent où nous garer.

Dès qu'on sort de voiture, on est accueillis par une dame en short et polo bleu, qui porte l'inscription « Colonie Cushetunk ». Elle a une écritoire à la main et un sifflet autour du cou.

– Mlle Flo, se présente-t-elle. Je suis la directrice de la colonie.

Elle m'observe avec attention.

– Toi, c'est Lili, c'est ça ?

J'ouvre de grands yeux.

– Comment vous le savez ?

Elle sourit.

– Tes parents et toi, vous avez envoyé une photo avec votre dossier d'inscription. Tu te souviens ?

Max lui jette un regard admiratif.

– Vous connaissez déjà les prénoms de tous les enfants ?

Elle hoche la tête.

– C'est un peu un jeu, pour moi. Mais surtout, je pense que ça fait plaisir aux enfants.

– Et moi qui me croyais fort avec mon corbillon, dit Max.

– Toi, c'est Justin Morris, continue Mlle Flo. On adore accueillir les deuxièmes générations ! Je me souviens bien de tes parents. D'ailleurs, je te raconterai peut-être une histoire un jour, ajoute-t-elle avec un sourire. Tu vas être dans le dortoir de Peter, notre animateur chargé de la baignade. Je suis sûre que vous allez bien vous entendre. Il vient du Minnesota, le pays des lacs. Il n'était pas plus grand qu'un vairon qu'il barbotait déjà dans l'eau.

Si j'avais pu être un vairon, je serais née en sachant nager !

Mlle Flo se tourne vers moi.

– Lili, toi, tu es avec Carrie, de Kiev.

Je sais où est le Minnesota, mais pas Kiev. Jamais entendu parler.

– C'est loin, fait remarquer maman avec étonnement.

– Nos animateurs viennent du monde entier. Ça fait partie de l'expérience de Cushetunk. Carrie est notre monitrice d'équitation. Elle est montée à cheval avant même de savoir marcher, et elle a fait partie de l'équipe nationale d'Ukraine.

Maintenant, j'ai deux bonnes raisons de m'inquiéter… la natation et l'équitation. À part la promenade à poney que tante Pam m'a offerte un jour au zoo, je ne me suis jamais approchée d'un cheval.

– Est-ce que vos valises sont étiquetées? demande Mlle Flo.

Si elle connaissait Max, elle ne poserait pas la question.

– On a des étiquettes sur *tout,* répond maman.

Max sourit, persuadé que c'est un compliment.

– Parfait. Alors laissez-les ici, on va les emporter dans vos dortoirs. C'est le moment de se dire au revoir, annonce-t-elle en se tournant vers maman et Max.

Elle leur sourit, mais il est clair qu'elle veut qu'ils débarrassent le plancher.

Maman embrasse Justin, puis me serre très fort dans ses bras.

Quand je lève les yeux, je vois qu'elle retient ses larmes.

– Profite bien, Lili, me dit-elle avec un sourire. On t'enverra un cadeau pour ton anniversaire.

Elle cherche un mouchoir dans son sac, puis se mouche et reprend:

– Je n'arrive pas à croire que je ne serai pas là le jour de tes dix ans !

Max essuie une larme lui aussi.

– Tu vas me manquer, mon petit ouistiti.

C'est la première fois qu'il m'appelle son petit ouistiti. C'est plutôt mignon, mais il ne faudrait pas non plus que ça devienne une habitude…

Un grand ado bronzé s'approche.

– Salut, Justin. Je suis Peter. On va au drapeau ?

Quelqu'un me tape sur l'épaule. Je me retourne… et je découvre une animatrice rousse aux yeux bleus.

– C'est toi, Lili, c'est ça ? Je suis Carrie.

– De Kiev, dis-je.

– Tu es dans mon dortoir, continue-t-elle. Tu verras, c'est le meilleur !

– Tu parles super-bien anglais !

Elle sourit à nouveau.

– Merci. Je suis allée au lycée américain, à Kiev.

Alors qu'on se dirige vers le drapeau, de

grands cris déchirent l'air. Je vois Kelly et Brandi qui courent vers moi.

Quand on a fini de pousser des cris et de s'embrasser, Carrie me houspille gentiment.

– Allez, Lili, viens t'installer. Tu verras tes amies tout à l'heure au dîner.

– T'en fais pas, ajoute Kelly, j'ai vérifié. Notre dortoir est juste à côté du tien.

L'horrible vérité me saute à la figure : je ne suis pas dans le même dortoir que Brandi et Kelly ! Je n'ai même pas pensé à m'en inquiéter, tellement j'étais persuadée qu'on serait ensemble.

Carrie m'entraîne le long d'un chemin qui serpente dans la forêt et qui mène à un bâtiment en bois.

– Tada ! s'exclame-t-elle. Voilà ton chez-toi pour les quatre semaines à venir.

Elle ouvre la porte en grand. Debout près des couchettes, trois filles se retournent quand elles entendent la porte s'ouvrir.

Lorsqu'elles se décalent un peu, j'en aperçois une quatrième. Il est clair que les autres se sont réunies autour d'elle, comme si c'était leur chef.

Mon cœur flanche.

Mon ventre se noue.

Mes orteils se recroquevillent.

Je me demande s'il est encore temps de changer d'avis et de rentrer à la maison. Sinon, je vais devoir partager quatre semaines de ma vie avec Hannah Burton.

# CHAPITRE 4

– Tiens, s'exclame Hannah, voilà Lili Gribouillis…

– Hannah, intervient Carrie, à Cushetunk, les moqueries sont interdites. Les filles, vous allez partager le même dortoir pendant un mois. Vous devez vous serrer les coudes.

Hannah me jette un regard noir. La seule chose qu'elle semble avoir envie de serrer, c'est ma gorge.

La main sur mon épaule, Carrie ajoute :

– Hannah, je sais que tu es dans la même école que Lili. Tu peux lui présenter les autres ?

Elle pousse un soupir.

– Elle, c'est Trésor Jackson, dit-elle en désignant une grande fille noire.

– Bonjour, Lili, déclare Trésor avec un sourire chaleureux. Bienvenue à Cushetunk. Je suis déjà venue l'année dernière. Tu vas voir, tu vas adorer.

– Trésor dort sur le lit au-dessus du mien, ajoute Hannah pour me faire clairement comprendre que Trésor est *son* amie.

– Je suis Shannon Cohn, déclare sa voisine sans attendre que Hannah la présente.

Elle s'avance vers moi pour me serrer la main. Elle danse plus qu'elle ne marche et ses cheveux roux et bouclés rebondissent sur ses épaules.

– Je suis Grace Anderson, annonce la troisième.

Grace fait la même taille que moi, mais elle est plus trapue. Non pas qu'elle soit grosse, mais elle a l'air costaude. Et je sais que ce n'est pas juste une impression quand elle me serre la main.

– Je dois y aller, dit Carrie. Il me reste encore quelqu'un à accueillir.

Un petit vent de panique me traverse… Tout à coup, j'ai envie que Carrie reste. Quand je me réjouissais à l'idée de partir en colo, je pensais juste que j'allais passer du bon temps avec Brandi, Kelly et Justin, débarrassée des contraintes de l'école. Je me demande comment j'ai pu oublier qu'il y aurait plein d'enfants que je ne connaissais pas.

Il ne reste plus qu'un seul lit superposé et je dois choisir entre la couchette du haut et celle du bas. Encore un détail auquel je n'avais pas pensé.

Je n'arrive pas à me décider.

Trésor s'avance vers moi.

– La plupart préfèrent le lit du bas, parce que c'est plus pratique pour aller aux toilettes. Et aussi parce qu'on peut traîner au lit. J'aime bien traîner au lit, mais pas tout le temps. En haut, c'est plus intime, et c'est drôle. Tu peux te pencher par-dessus la barrière et regarder les autres dormir. Les gens sont trop marrants quand ils dorment.

Hannah paraît contrariée. Sans doute parce que Trésor est venue me parler. Ou alors parce qu'elle regrette d'avoir choisi le lit du bas.

– Je crois que je préfère le haut, décidé-je.

Je monte. Trésor a raison. C'est marrant. Il y a une fenêtre, ça donne l'impression d'être dans une cabane dans un arbre. Je suis super-contente de mon choix.

À cet instant, Carrie revient avec une fille aux traits asiatiques.

– Les filles, je vous présente Cléo Wu, annonce-t-elle. Maintenant, on est au grand complet !

– Bonjour, Cléo, dis-je, en plongeant la tête depuis le lit du haut. Je suis Lili.

Je suis fière d'avoir réussi à parler avant que Hannah ouvre la bouche. Je souris à

Cléo, puis je réalise que mon sourire doit ressembler à une grimace, vu que j'ai la tête en bas. Alors je descends lui serrer la main.

– Tu es déjà venue ici ? me demande-t-elle.

– Moi, non. Mais Trésor, oui.

– Moi aussi, j'étais là l'année dernière. Je suis Grace Anderson.

Shannon sourit à Cléo.

– Je suis nouvelle comme toi. Shannon Cohn.

– Et toi ? s'enquit Cléo en tendant le doigt vers Hannah.

– C'est la première fois que je viens, marmonne Hannah. Mais je n'ai pas du tout l'impression d'être nouvelle. Je connais Cushetunk par cœur, parce que mes parents y sont venus tous les deux quand ils étaient enfants.

Je ne le savais pas. Ça m'énerve un peu, peut-être parce que Hannah a le génie pour tout transformer en compétition.

On frappe à la porte, et Carrie ouvre.

– Ah, voilà les valises ! Portez-les à l'intérieur, messieurs. Les filles, vos affaires sont là. Ne sortez pas tout, ce n'est pas la peine. Trésor et Grace, montrez à vos copines comment s'installer.

On a des casiers comme à la maternelle. La valise se glisse en bas, puis il y a une étagère et quelques crochets.

Défaire nos bagages ne nous prend pas beaucoup de temps.

Carrie nous rassemble d'un coup de sifflet. Elle sourit en nous voyant accourir.

– J'adore ça, dit-elle. Allez, à la soupe !

Je me demande si on doit se déplacer en file indienne mais, en fin de compte, notre groupe ressemble plutôt à des canetons qui suivent leur mère. Je marche à côté de Cléo, qui me raconte des blagues.

Voici ma préférée : « Combien faut-il d'animateurs pour changer une ampoule ? » Et la réponse, c'est : « Ça dépend de la taille de l'ampoule. »

Je crois qu'on va bien s'entendre.

Quand on arrive au réfectoire, c'est la panique. Il est immense ! Heureusement, Carrie, qui nous voit perdues, nous rejoint.

– À Cushetunk, les places vous sont attribuées, nous explique-t-elle. Ça change chaque semaine pour que vous rencontriez presque tout le monde. Mais pour commencer, vous dînez avec votre groupe d'âge.

Elle nous montre le plan des tables accroché au mur. Je retiens un cri de joie quand je vois mon nom. Je suis à la table de Justin, Kelly, Trésor, et quelques autres que je ne connais pas encore. Je suis déçue de ne pas être avec Brandi, mais trop contente d'échapper à Hannah.

Je bénis secrètement Mlle Flo de m'avoir mise avec Justin. Elle s'est sans doute souvenue de ma lettre de motivation. J'y expliquai que, si je voulais aller à Cushetunk, c'était en partie pour passer l'été avec lui.

Il est déjà à table et me sourit. Je n'arrive décidément pas à m'habituer à son appareil dentaire. Il est assis à côté de son animateur, Peter. Je m'assois de l'autre côté. Parfait !

– Comment ça va ? me demande-t-il. Mon dortoir est super !

– Moi, j'ai Hannah dans le mien, grogné-je.

Avant que je puisse m'étendre sur le sujet, Peter nous interrompt pour nous demander de nous présenter les uns les autres. Une fois qu'on a fini, il reprend :

– Il y a plein de traditions à Cushetunk, et le dîner du premier soir est l'une de mes préférées. Comme je suis responsable de votre table, c'est moi qui ai choisi votre question.

– Quelle question ? demandé-je. Ce qu'on veut manger ?

– Non. Le menu est déjà fixé. La question pour votre table est : « En quoi le monde serait-il différent si les animaux pouvaient parler ? »

Sans réfléchir, je m'écrie :

– Les zèbres diraient : « Je veux de la couleur dans ma vie ! »

– Je pense que les animaux diraient : « Vous, les hommes, vous êtes deux fois moins malins que ce que vous croyez », déclare Justin.

– Alors là, Justin, s'exclame Trésor, je suis bien d'accord ! Les animaux sont beaucoup plus intelligents qu'on ne l'imagine !

Justin rougit. Mais il sourit.

Personne ne semble avoir apprécié mon idée… Et maintenant, je regrette d'avoir fait une blague idiote. Tout le monde évoque son animal préféré et explique en quoi il est intelligent. Je réalise que je n'en ai pas, à part Gorille, mais j'ai peur qu'on se moque de moi.

– C'est bizarre, personne n'a choisi la mule, dit Trésor en riant.

Elle entonne alors une chanson qui parle d'une mule.

– Tu as une très belle voix, lui dit Peter.

– Mes parents chantent souvent cette chanson, approuve Justin.

– C'est un des tubes de Cushetunk, dit Peter.

Trésor sourit.

– À propos, vous êtes prêts pour aller faire griller des marshmallows ? Ça fait partie des traditions du premier soir !

– J'adore ! s'enthousiasme Justin.

– Les marshmallows de Cushetunk sont les meilleurs de tous, déclare Trésor.

On sort pour aller rejoindre la plage, en contrebas de la colline. C'est génial ! On s'installe en demi-cercle autour de bouts de bois disposés en forme de tipi. On applaudit quand les animateurs allument le feu.

Justin me sourit.

– Mes parents m'ont dit que c'était les feux de camp leur meilleur souvenir de Cushetunk.

Quand le feu a bien pris, trois animateurs nous apprennent l'hymne de Cushetunk.

*Cushetunk, Cushetunk,*
*Jamais nous n'oublierons*
*Tes jolis vallons,*
*Tes rives paisibles,*
*Et tes eaux limpides.*

*Gravé dans nos cœurs,*
*Tu resteras toujours,*
*Où que nos pas nous portent,*
*Cushetunk, Cushetunk,*
*Nous t'aimerons toujours plus fort !*

On le rechante à la fin de la soirée. Je suis tellement heureuse ! Le ciel noir est constellé d'étoiles, je ne savais même pas qu'il y en avait autant ! L'air est aussi doux que les marshmallows. Trésor a raison. Je vais adorer la colo.

# CHAPITRE 5

Moi, Lili Graffiti, je suis la fille la plus malheureuse de la terre.

Je suis debout sur le ponton en maillot de bain, et je tremble. Pas seulement de froid. Parce que c'est au tour de notre dortoir de passer le test de natation.

Peter souffle dans son sifflet.

– Écoutez-moi toutes ! Vous allez passer deux par deux. Vous sautez dans l'eau et vous nagez. Vous pouvez choisir la nage que vous préférez. Je vous rappelle qu'il faut faire huit tours pour avoir le droit d'aller au radeau d'escalade.

Je suis la dernière de la file. Qu'est-ce que je dois faire ? Je ne peux pas sauter dans l'eau si je n'ai pas pied. Mais je n'ai aucune envie d'avouer devant tout le monde que je ne sais pas nager.

– Tu sais que c'est le lac le plus profond de tout le New Jersey ? me demande Grace, juste devant moi.

Je secoue la tête. Non, je ne le savais pas et j'aurais préféré ne jamais le savoir. Comment je fais, maintenant, pour l'oublier ?

Hannah et Cléo passent en premier. Hannah réalise un plongeon parfait. Cléo saute. Elles terminent leurs huit tours sans peine.

C'est au tour de Trésor et de Shannon. Trésor va jusqu'au bout, mais Shannon renonce à six. Peter lui dit qu'elle ira dans le groupe des Petits poissons et qu'elle saura sûrement faire ses huit tours d'ici une semaine.

Ne restent plus que Grace et moi. Grace saute. Je reste clouée sur place.

– Vas-y, Lili, m'encourage Peter.

– Je ne sais pas nager, dis-je à voix basse.

– Pas du tout ? s'étonne-t-il. Tu ne peux même pas faire un tour ?

Je secoue la tête. J'essaie de ne pas pleurer, mais je me sens très mal. Surtout que j'entends Hannah ricaner derrière moi.

Peter pose la main sur mon épaule.

– Pas de problème. Tu vas voir, je vais t'apprendre à nager comme un vairon du Minnesota.

– T'inquiète, Lili, me lance Hannah. Quand on ira pêcher, tu pourras faire le plomb !

Peter souffle dans son sifflet.

– Les moqueries sont interdites ! Descends du ponton, Hannah. Va t'asseoir sur la plage.

Hannah me jette un regard noir, puis saute à bas du ponton.

Après le test, on rentre se changer pour le premier cours d'équitation. Ce matin au petit déjeuner, Carrie nous a demandé de ne pas mettre de short ni de nu-pieds.

Je me sens toujours aussi mal. Et si le même scénario se reproduit avec les chevaux et que je suis la seule à n'être jamais montée ?

Quand j'ai dit que je voulais aller en colo, je n'avais pas idée de toutes les épreuves que j'aurais à affronter !

Tandis qu'on se dirige vers la carrière, Hannah s'éloigne bras dessus bras dessous avec Trésor et Grace. Elle ne m'a pas adressé la parole une seule fois depuis la baignade, ce qui me convient très bien.

Six chevaux déjà sellés nous attendent dans la carrière, attachés à la barrière.

Carrie porte une bombe et des bottes d'équitation qui montent jusqu'aux genoux. Autant les casques de vélo sont moches, autant je trouve les bombes très classe.

– Vous avez de la chance, les filles, nous annonce-t-elle, tout en nous distribuant des bombes. Il y a une longue tradition d'équitation à Cushetunk et vous allez pouvoir monter de super-chevaux.

– Ils sont immenses, dis-je.

Je savais que les chevaux étaient grands, bien sûr… mais je n'avais pas conscience à quel point tant qu'on ne s'était pas retrouvés face à face, eux et moi.

Carrie pose la main sur l'encolure du plus proche.

– Lili, tu vas commencer avec Cannelle.

Cannelle est de la même couleur que son nom. Je m'attends à une moquerie de la part de Hannah mais, pour une fois, elle est plutôt discrète. Elle a même l'air inquiète.

– Tu vas adorer Cannelle, m'assure Carrie. C'est un amour. Mets ta bombe et viens faire sa connaissance.

Je regarde Cannelle. Elle a une jolie tache blanche sur le front. C'est peut-être un amour, mais je n'aime pas beaucoup sa façon de fouetter l'air avec sa queue.

Carrie me fait signe d'approcher. J'attache ma bombe et je la rejoins. Elle me prend alors la main et me dit de laisser Cannelle la renifler.

– Elle ne va pas me mordre ?

Carrie sourit.

– Non. Je te promets qu'elle est adorable.

Ensuite, Carrie pose ma main sur l'encolure. C'est chaud et doux.

– On monte toujours à gauche, m'explique-t-elle en nouant ses mains ensemble. Donne-moi ton pied.

– Tout de suite ? Il ne vaudrait pas mieux qu'on fasse d'abord connaissance ?

– Tu feras sa connaissance depuis la selle. C'est la place du cavalier… en hauteur. Accroche-toi au pommeau avec les deux mains.

Je m'étire et attrape le pommeau du bout des doigts.

– Le pied ! ordonne Carrie.

Je lui donne mon pied gauche.

– Et hop !

Sans savoir ce que je fais, je balance ma jambe droite par-dessus la selle et tout à coup, je me retrouve à califourchon. Mais pas vraiment assise… mon corps bascule en avant et je plonge la tête dans la crinière. Elle n'est pas aussi douce que son poil. Elle pique un peu, pour tout dire.

Je me redresse.

– Super ! s'exclame Carrie en ajustant mes étriers. Maintenant, tu peux la caresser et lui dire de petits mots doux pendant que je m'occupe des autres.

C'est horriblement haut, mais de là, je vois toute la prairie.

– Tu as une belle vue, dis-je à Cannelle en lui tapotant l'encolure.

Elle hoche la tête. Est-ce qu'elle m'écoute ?

Carrie finit de s'occuper des autres filles. Hannah passe en dernier, et elle n'a pas l'air heureuse.

– Le sol est vraiment très loin, se plaint-elle.

– Raison de plus pour rester en selle, rétorque Carrie.

C'est la première fois que Hannah ne se comporte pas comme si elle savait tout mieux que tout le monde.

Je ne peux pas m'empêcher de me réjouir. Puis je me sens un peu coupable.

– En même temps, je ne peux pas être gentille tout le temps, dis-je à Cannelle.

Elle hoche à nouveau la tête.

Je crois qu'on va bien s'entendre.

# CHAPITRE 6

*Cher papa,*

*Tu m'as demandé de te raconter les premiers jours à la colo, alors voilà : d'abord, j'aime bien la colo et les filles de mon dortoir, la plupart. Et j'aime bien notre animatrice, Carrie de Kiev.*

*Ce que je n'aime pas, c'est être un Têtard (c'est comme ça qu'ils appellent ceux qui ne savent pas nager). Je dois rester dans une zone délimitée par des cordes, qui s'appelle la mare aux Têtards.*

*Ça, c'est la mauvaise nouvelle.*

*La bonne nouvelle, c'est que j'ai une « assiette naturelle ». Ça ne veut pas dire que j'ai beaucoup d'appétit, mais que je suis très à l'aise à cheval.*

*Papa, tu ne peux pas savoir à quel point j'aime ça ! Mon cheval s'appelle Cannelle, et quand je suis sur son dos, je me sens grande et forte. J'ai déjà eu trois leçons et ce sont les meilleurs moments de la colo. Non, en fait, le mieux, c'est que Justin soit là. Mais c'est presque aussi bien !*

*J'espère que je ne te manque pas trop. Ha ha ! Dis bonjour à Mlle Isobel et fais une caresse à Tigrou Tympan de ma part.*

*Ta fille qui t'aime,*

Lili

*P.-S. : Tu crois que je pourrais avoir un cheval pour Noël ?*

*P.-P.-S. : Je blague.*

*P.-P.-P.-S. : Enfin, pas tant que ça…*

# CHAPITRE 7

*BOUM !*

Ça, c'est un formidable coup de tonnerre.

– Aaaaaah !

Et ça, c'est Cléo qui crie.

– Détends-toi, Cléo, proteste Trésor en riant. C'est marrant !

– Je suis d'accord, renchérit Grace. Je trouve le tonnerre extraordi-nnerre.

D'habitude, j'aime bien les orages. Mais un orage en sécurité dans sa maison est très différent d'un orage dans une petite cabane dans la forêt… Surtout la nuit.

On entend un grésillement et le dortoir est soudain plongé dans le noir. Ce n'est pas l'extinction des feux… Enfin, si, les feux s'éteignent, mais pas parce que c'est l'heure de dormir.

– Ne vous en faites pas, dit Carrie, c'est juste les plombs qui ont sauté.

Elle allume une lanterne et la lève à la hauteur de son visage.

– Je crois que c'est le moment idéal pour raconter une histoire.

– OUAIS ! on crie toutes.

– OK, venez vous mettre autour de moi.

On s'installe en cercle par terre. Carrie s'assoit sur le lit de Hannah. Elle jette un regard furtif vers la porte, puis elle nous regarde, nous.

– Vous devez me promettre de ne rien dire à personne.

– Pourquoi ? demande Hannah.

Carrie baisse la voix.

– Parce que, normalement, je n'ai pas le droit de vous raconter ça. Alors motus, d'accord ?

On hoche toutes la tête.

Carrie sourit et baisse l'intensité de la lanterne pour ne laisser qu'un cercle de lumière autour d'elle.

Alors que dehors le vent hurle, elle commence :

– Je vais vous raconter l'histoire du monstre du lac de Cushetunk.

– Cushie, le démon des profondeurs ! s'exclament Trésor et Grace à l'unisson.

Carrie acquiesce.

– La directrice ne veut pas qu'on vous en parle.

– Pourquoi ? demande Hannah.

Trésor lève les yeux au plafond.

– Parce que ça leur ferait une mauvaise réputation, tiens ! Arrête d'interrompre tout le temps !

– Bien. Vous savez à quel point le lac de Cushetunk est profond ?

– C'est le lac le plus profond du New Jersey, murmure Cléo d'une voix un peu effrayée.

– Oui, répond Carrie d'une voix grave. Le plus profond. Et c'est tout au fond de ce lac très, très profond, près du radeau d'escalade, qu'est née Cushie. C'est la dernière de son espèce... Elle est restée toute seule... si seule... jusqu'à ce que les hommes viennent s'installer sur les rives du lac. Et alors, Cushie s'est dit que peut-être ces créatures pourraient devenir ses amis. Mais est-ce que les hommes peuvent devenir les amis d'un monstre ?

Elle lève la lanterne à la hauteur de son visage et secoue la tête.

– Pourtant, chaque été, elle choisit un enfant de la colo et elle l'emmène tout au fond du lac. Et quand l'enfant revient... Ah... Il ressemble encore à un humain, mais son cœur a changé, il ne rêve plus que de retourner tout au fond, dans les eaux sombres et froides.

Sa voix se fait murmure.

– Il y a toutes les chances qu'il veuille entraîner un autre enfant dans le repaire de Cushie, tout au fond, dans les eaux sombres et froides.

– Est-ce qu'on peut savoir à qui c'est arrivé ? demande Hannah d'une voix timide que je ne lui connais pas.

Carrie hoche la tête.

– On dit… je n'en suis pas certaine, parce que je ne l'ai jamais vu, mais on dit que les nuits de pleine lune, un étrange fluide suinte sur son visage.

– Moitié humain, moitié monstre ! s'exclame Trésor.

– Le zombie de Cushetunk, gémit Grace.

– Hé, je n'ai pas dit ça ! proteste Carrie.

Hannah croise les bras.

– Tu as tout inventé. Le monstre de Cushetunk n'existe pas.

– C'est ce que disent toujours les nouveaux, rétorque Trésor.

– Mes parents ne m'en ont jamais parlé, insiste Hannah.

– On a tous juré de ne pas en parler à l'extérieur de la colo, lui dit Grace.

Carrie confirme. À cet instant, les lampes se rallument, et Carrie éteint la lanterne.

– Eh bien, les filles, c'est l'heure d'éteindre pour de vrai, cette fois. On se lave et on se couche !

Elle regarde le tableau affiché au mur.

– Hannah, c'est toi la première ce soir.

– Fais gaffe, lui dit Grace. Il paraît que Cushie peut envoyer par les tuyaux un truc qui te donne envie de t'approcher de la rive du lac, comme ça elle peut t'emporter plus facilement.

– Cushie n'existe pas, proteste Hannah d'une voix légèrement tremblante.

Je suis la dernière à prendre ma douche ce soir-là. Alors que j'étends ma serviette, je vois Hannah qui parle à Trésor en chuchotant.

Dès que j'ai grimpé dans mon lit, Carrie annonce :

– La dernière est couchée. J'éteins !

Tandis que je pose la tête sur mon oreiller, je sens quelque chose de visqueux et de mouillé sur ma joue. *Bam !* Je me suis redressée si vite que je me suis cogné

la tête contre le plafond. Je porte la main à ma joue. C'est gluant.

– Berk ! Berk !

Carrie se précipite vers mon lit. Elle braque sa lampe-torche sur mon visage, effleure ma joue, puis renifle le bout de son doigt.

– Bon, les filles, je ne sais pas qui a mis du gel pour les cheveux sur l'oreiller de Lili, mais ce n'est pas drôle !

Elle se tourne vers moi.

– J'arrive.

Elle part dans la salle de bains. Elle revient avec un gant de toilette mouillé et m'aide à nettoyer mon visage, puis elle va me chercher une nouvelle taie d'oreiller. Quand elle a fini, elle déclare d'une voix forte :

– Hors de question de recommencer un truc pareil, c'est clair ?

Long silence.

– C'est clair ? répète Carrie d'une voix très sévère.

– Oui, Carrie, répond tout le monde.

– Bien. Alors dormez, maintenant. Vous avez une longue journée demain.

Elle fait une pause, avant d'ajouter :

– En outre, tout le monde sait qu'il est plus facile de résister à Cushie quand on est bien reposé.

Elle rejoint son lit derrière la cloison. Je n'en suis pas sûre, mais j'ai l'impression de l'entendre rire toute seule.

Cléo donne un coup dans mon matelas.

– Ça va, Lili ? chuchote-t-elle.

Je passe la tête par-dessus bord.

– Tu as vu qui a fait ça ?

– Non, j'étais sous la couverture. Je n'aime pas les orages.

Elle attend une seconde, puis elle demande :

– Tu crois que Cushie existe vraiment ?

– Non.

J'aime bien Cléo, je ne veux pas qu'elle ait peur.

– Je ne pensais pas non plus, mais je voulais ton avis. Je suis désolée pour ton oreiller. Je ne sais pas qui peut être assez méchante pour faire un truc pareil.

Moi, si, je pense. Je sais parfaitement qui peut être assez méchante.

Hannah Burton.

# CHAPITRE 8

– On plonge la tête sous l'eau !

C'est la voix de Peter. L'avantage d'être un Têtard, c'est que j'ai des cours semi-individuels de natation deux fois par jour avec Peter… ou Peter le Beau Gosse, comme l'appellent certaines filles plus grandes. C'est semi-individuel, parce que je suis avec Colin, un garçon de mon âge qui ne sait pas nager non plus. Il vient de New York et il est dans le même dortoir que Justin. Je sais que Justin l'aime bien, donc ça va.

L'inconvénient, c'est qu'on doit tout le temps mettre la tête sous l'eau. Enfin, c'était surtout dur au début. Je commence à m'habituer, c'est déjà un progrès. Colin déteste toujours autant, ça me fait un peu de peine pour lui.

Peter dit qu'à force de le faire, on finira par trouver ça naturel.

Quand on sort la tête de l'eau, il s'exclame :

– Bravo, mes Têtards préférés !

– On est les seuls Têtards, lui fait remarquer Colin.

– C'est pour ça que vous êtes mes préférés. Mais aujourd'hui est un grand jour… On va essayer de nager dans l'eau.

Jusque-là, on s'est juste entraînés sur la plage. On ne fait pas le vrai dos crawlé comme aux Jeux olympiques… parce que ça creuserait plein de trous dans le sable.

Allongés sur le dos, on remonte les mains le long du corps (« On se chatouille les aisselles », dit Peter). Puis on déploie les bras et on les ramène dans leur position initiale. En même temps, on fait les grenouilles avec nos jambes.

L'avantage, avec le sable, c'est qu'on ne peut pas couler… sauf si c'est des sables mouvants, bien sûr. Mais je crois que j'ai presque aussi peur de nager dans l'eau, avec mes pieds qui ne touchent pas le sol, que des sables mouvants.

– Viens, Lili, m'appelle Peter.

Il me dit de me laisser flotter sur le dos et glisse la main sous moi pour m'empêcher de couler.

– Vas-y.

À ma grande surprise, c'est plus facile que ce que j'imaginais. Je me déplace ! Et avec Peter qui reste à côté, je n'ai pas peur.

– Super, Lili !

Je fais encore deux brasses sur le dos.

Et là, je réalise que Peter ne me tient plus. Je flotte et me déplace toute seule.

Moi, Lili Graffiti, je nage !

Au bout d'une minute, Peter m'arrête.

– Regarde, tu as déjà fait la moitié d'un tour !

C'est vrai, en plus. Youhou !

Peter et moi, on rejoint Colin.

– T'es trop forte ! s'exclame-t-il.

– À ton tour, dis-je en souriant. Tu vas voir, c'est facile.

Colin se croise frileusement les bras sur la poitrine. Peter l'entraîne un peu plus loin et l'aide à s'allonger sur le dos. Il nage bientôt comme moi.

Alors que Colin me rejoint en barbotant, il sourit jusqu'aux oreilles. On se tape dans la main.

– À toi, Lili ! appelle Peter. Nage jusqu'à moi !

Je recommence. Je sais que Peter est là en cas de besoin, mais je sens à peine sa main. Je me déplace dans l'eau sur le dos. Si je lève les yeux, je vois le ciel immense au-dessus de ma tête. C'est super !

Alors que je commence à me sentir vraiment à l'aise, quelqu'un m'appelle :

– Ouah ! C'est génial, Lili !

Je tourne la tête vers la voix et là, catastrophe ! J'inspire au mauvais moment et j'avale de l'eau par le nez.

C'est horrible ! Je tousse tellement que je n'arrive plus à respirer et je commence à couler. La panique me gagne. Heureusement, Peter vole à mon secours et m'aide à reposer les pieds par terre.

J'ai envie de démolir celui qui m'a appelée, mais quand je me tourne vers le ponton, je découvre que c'est Justin. Je suis atrocement gênée de m'être montrée si ridicule. Et en plus, il n'est pas seul. Trésor est avec lui.

– Ne t'en fais pas, Lili, m'encourage-t-elle, tu y arriveras la prochaine fois !

Je ne sais pas pourquoi, mais je n'aime pas qu'elle me dise ça.

Je n'aime pas non plus qu'ils soient ensemble, tous les deux.

Je ne sais pas pourquoi, mais j'ai un énorme nœud à l'estomac.

# CHAPITRE 9

*Chers maman et Max,*

*Le paquet est arrivé !*

*Il est énooooorme ! Je suis trop impatiente de savoir ce qu'il y a dedans !! Je sais qu'il y a des gâteaux. Je sais aussi que Mlle Flo vous a dit d'en envoyer assez pour tout le monde. Mais je meurs d'envie de savoir ce qu'il contient d'autre !*

*Oh ! Et vous savez OÙ je vais manger mes gâteaux ?*

*SUR LE BATEAU D'ANNIVERSAIRE !*

*Ceux qui fêtent leur anniversaire pendant la colo montent à bord d'un bateau pour faire la fête avec tous les enfants de leur âge. Ça veut dire Justin, Brandi, Kelly et les super-copains dont je vous ai parlé dans mes lettres, comme Trésor et Colin.*

*Évidemment, il y aura aussi Hannah Burton… ce qui n'est pas très cool comme cadeau d'anniversaire. Je vous ai dit qu'elle était dans mon dortoir. Elle est toujours aussi casse-pieds, mais la colo est si géniale que ça m'est égal.*

*Trop dommage que je ne puisse pas emmener Cannelle. Le bateau est grand, mais quand même pas assez pour un cheval. Je lui garderai un gâteau pour plus tard.*

*Annonce officielle ! Moi, Lili Graffiti, je vais avoir deux chiffres demain. Ça fait presque dix ans que j'attends ce moment !*

*Je vous envoie dix bisous !*

*X X X X X X X X X X*

*Votre petit rayon de soleil,*

*Lili*

# CHAPITRE 10

– Réveille-toi, petite Lili, réveille-toi !

Comment se fait-il que quelqu'un chante pour me réveiller ce matin ? À la colo, ce qui fait office de réveil, c'est une musique de clairon diffusée par des haut-parleurs…

J'ouvre les yeux. Carrie et toutes les filles du dortoir sont réunies en bas de mon lit. Dès que je me redresse, elles crient :

– Joyeux anniversaire !

Quelqu'un a accroché des ballons rouges et jaunes aux coins de ma couchette.

– C'est comme ça qu'on fête les anniversaires à Cushetunk, m'explique Carrie.

– Ouais, marmonne Hannah. Grâce à toi, on a dû se lever une demi-heure plus tôt.

Trésor entonne *Joyeux anniversaire*, et tout le monde se joint à elle sans tenir compte de Hannah. Quand elles arrivent à: «Joyeux anniversaire, Lili», elles me saupoudrent de paillettes.

J'adore la tradition de Cushetunk.

– T'as trop de chance d'avoir ton anniversaire en été, dit Grace.

Je n'ai jamais trouvé que c'était de la chance d'être née en juillet, parce que l'école est finie et que la plupart de mes amis sont partis. Mais pour une fois, c'est cool.

Carrie va chercher le paquet de maman et Max dans sa chambre, plus celui de papa, et un troisième colis qui vient juste d'arriver. J'imagine que c'est tante Pam. Ses cadeaux sont toujours super-rigolos.

– La tradition, ici, continue Carrie, c'est d'ouvrir les cadeaux avant le petit déjeuner.

C'est la règle la plus intelligente que j'aie jamais entendue.

Le paquet de maman et Max pèse étonnamment lourd. Quand j'arrache le papier, je découvre une énorme boîte en métal remplie de cookies aux M&M's faits maison. Un morceau de papier est scotché sur le couvercle, avec l'écriture de Max… NE CONTIENT PAS DE FRUITS À COQUE NI D'ŒUFS.

– C'est vrai, confirme Carrie. Les seules têtes d'œuf ici sont dans mon dortoir.

On la bombarde de nos oreillers.

Ce qui pèse le plus lourd, dans le colis de maman et Max, ce sont en fait des livres. Enfin, je devine que ce sont des livres à cause de leur forme, mais je ne peux pas lire les titres, car ils sont tous enveloppés un par un.

– Ouah, ta mère est une championne de l'emballage cadeau, dit Shannon.

Je souris.

– Non, c'est Max. Il n'y a que lui pour faire des coins aussi nets.

– C'est qui, Max ? demande Grace. Ton frère ?

– Non, mon beau-père.

Tout à coup, ça me fait drôle. Je crois que c'est la première fois que j'appelle officiellement Max mon beau-père. Ça me donne envie de l'embrasser.

Le premier livre s'intitule *L'Étalon noir*.

– Oh, j'ai adoré ce roman ! s'exclame Carrie. C'est avec lui que j'ai appris l'anglais.

On dirait que maman et Max ont bien retenu que j'aimais monter Cannelle. Il n'y a que des livres sur les chevaux ! Je meurs d'envie de les commencer.

Je décide ensuite d'ouvrir le cadeau de tante Pam, car je préfère garder celui de papa pour la fin.

– J'aime bien le papier, commente Cléo.

– Des hippopotames qui dansent, c'est typique de ma tante…

Je trouve une boîte de taille moyenne. Je l'ouvre précautionneusement, puis j'éclate de rire.

– Qu'est-ce que c'est ? demande Carrie.

– Des rennes qui font caca ! dis-je en brandissant la boîte.

– Beurk ! commente Hannah en grimaçant. C'est dégoûtant.

– Tu rigoles, proteste Trésor. C'est super-drôle. Regarde ! Il laisse tomber de petites crottes en chocolat !

– Ma tante Pam est la spécialiste des cadeaux rigolos. Et elle en a envoyé un pour toutes les filles du dortoir !

Elles poussent des cris de joie.

La règle « des gâteaux pour tout le monde » ne concerne que la nourriture, mais ça ne m'étonne pas que tante Pam ait pensé à mes copines. Mieux encore ! Quand j'arrive au fond de la boîte, je trouve un renne supplémentaire avec un Post-it jaune « Pour Justin ».

J'adore tante Pam.

Tout le monde trouve les rennes géniaux. Sauf Hannah, bien sûr, mais elle prend le sien quand même.

Tandis que mes copines essaient de comprendre comment on les remplit de bonbons, j'ouvre le cadeau de papa.

Le paquet est minuscule, mais comme maman me le répétait quand j'étais petite, parfois, les petits paquets contiennent de belles surprises. Et là, c'est le cas. Sous l'emballage, je découvre une boîte en velours bleu et, à l'intérieur, une fine chaîne en argent avec un fer à cheval incrusté de petites pierres limpides qui scintillent dans la lumière du matin.

Repliée dans le couvercle, une feuille de papier. C'est un petit mot de papa.

*Chère Lili,*

*Il y a dix ans, en naissant, tu as fait de moi le plus heureux des hommes sur cette terre. Et ça continue. Sur ce fer à cheval, qui est un porte-bonheur, se trouvent dix petits diamants, afin de célébrer les dix merveilleuses années que j'ai passées avec la plus géniale des filles. Joyeux anniversaire, ma chérie.*

*Je t'embrasse,*

*Papa*

Je descends de mon lit pour me regarder dans le miroir.

– C'est trop beau ! s'extasie Cléo, alors que je passe la chaîne autour de mon cou.

– Je ne l'enlèverai plus jamais. Ça porte chance.

Quand on arrive au réfectoire, je rejoins Justin à sa table pour lui donner son renne qui fait caca.

– Laisse-moi deviner, dit-il. Ça vient de tante Pam ?

– Bien sûr !

Puis je lui montre ma chaîne.

– Elle est très jolie, approuve Colin.

– J'ai aussi reçu des gâteaux aux M&M's à partager sur le bateau.

– J'ai un cadeau pour toi, m'annonce Justin.

Il me tend un objet emballé dans du papier alu. Est-ce qu'il a demandé à ses copains de mâcher du chewing-gum pour notre boule ? Mais quand je l'ouvre, je trouve un porte-clefs lasso.

– Je l'ai fabriqué moi-même, m'explique-t-il. C'est pour la clé de ta nouvelle maison.

– Merci, dis-je. Il me plaît beaucoup !

J'ai envie de l'embrasser, mais devant tout le monde, ça me gêne. En fait, je crois que ça me gêne tout court. Ça fait très longtemps qu'on ne se fait plus de bisous. Je me demande pourquoi c'était si naturel avant, et pourquoi on s'est arrêtés d'en faire en grandissant. Je ne sais pas si j'y comprendrai quelque chose un jour.

Soudain, j'entends une voix familière dans le haut-parleur :

– Flash info ! Flash info ! Flash info ! Ici Radio Colo, votre radio préférée, qui a une annonce importante à faire.

Brandi adore s'occuper de la radio. Tous les matins, elle fait des petites annonces depuis une cabine située dans le réfectoire.

– AUJOURD'HUI, C'EST L'ANNIVERSAIRE DE MON AMIE LILI GRAFFITI ! Je lui souhaite un très, très bon anniversaire. Lili Graffiti est une fille qui décoiffe et une super-amie !

Je rougis. Puis Brandi sort de la cabine radio pour venir m'embrasser.

Toute la colo se met à chanter *Joyeux anniversaire.*

C'est trop génial. Et on n'a même pas encore fait le tour en bateau !

– Ohé, tout le monde, appelle Peter. Vérifiez que vos gilets de sauvetage sont bien attachés avant de monter à bord.

– Je déteste les gilets de sauvetage, marmonne Hannah. On se sent tout engoncés, et en plus j'en ai pas besoin, je sais très bien nager.

En ce qui me concerne, si Hannah ne veut pas porter de gilet de sauvetage, c'est son problème. Mais je sais que les animateurs ne l'entendront pas de cette oreille.

Je promets à Brandi et à Kelly de m'asseoir à côté d'elles pour qu'elles m'aident à distribuer les cookies.

Il y a des bancs sur tous les côtés du bateau. Les commandes sont situées à l'avant, dans une partie surélevée. C'est là que se trouve Mlle Flo.

– Bienvenue à bord, Lili ! me lance-t-elle. Joyeux anniversaire !

Peter embarque en dernier.

– C'est bon, crie-t-il. Vingt-quatre valeureux enfants de Cushetunk, parés et prêts à lever l'ancre !

Deux autres animateurs détachent la corde depuis le ponton. Mlle Flo fait ronfler le moteur et c'est parti !

J'adore ça !

On est parfois un peu secoués, mais c'est ça qui est drôle. Au début, on reste assez près de la rive, mais une fois arrivée à la moitié du lac, Mlle Flo met le cap vers le centre et là, elle coupe le moteur. Ça fait du bien, un peu de silence.

Le moment est venu de distribuer mes gâteaux, aidée par Brandi et Kelly.

– Je me demande si Cushie aime les cookies…, dit Brandi.

– Ouais ! s'exclame Justin. Je parie qu'elle adore les M&M's !

– Moi, on m'a dit qu'elle n'aimait que les marshmallows, intervient Kelly.

– Vous connaissez Cushie ? Carrie nous a dit que c'était un secret !

– Je pense qu'on ferait mieux de ne pas

en parler, déclare Hannah. On est à l'endroit le plus profond du lac, non ?

– Oui, confirme Trésor en pouffant. Exactement.

Elle casse un morceau de cookie, qu'elle lance en l'air.

– Voilà pour toi, Cushie !

– Ne fais pas ça ! s'écrie Hannah.

Le cookie fait *plouf* en tombant dans l'eau.

Puis on entend un bruit d'éclaboussure et j'aperçois un gros poisson sous la surface, qui vient gober le petit bout de gâteau.

– Regardez ! Je crois que c'était un des tentacules de Cushie !

– C'est pas drôle ! aboie Hannah.

– À propos, intervient Colin, le renne que ta tante a offert à Justin est vraiment tordant.

Kelly et Brandi rient à leur tour quand je leur explique. Je promets de demander à tante Pam de leur en envoyer un pour Noël.

Hannah me regarde d'un œil noir. Elle n'aime pas le renne qui fait caca, elle n'aime pas qu'on parle de Cushie, elle n'aime pas que Justin et Colin rient avec moi, elle n'aime pas que Brandi et Kelly trouvent ça drôle aussi. Bref, elle ne m'aime pas.

Ça m'est égal. Alors que je porte la main à mon fer à cheval, je pense que j'ai bien de la chance.

# CHAPITRE 11

*Chère tante Pam,*

*Ton renne qui fait des crottes a eu beaucoup de succès ! Merci, merci, merci ! Les quatre filles de mon dortoir ont décidé que tu étais la tante la plus cool de tout l'univers. Je le savais déjà, bien sûr.*

*Es-tu déjà partie en colo ? Je parie que tout le monde t'adorait. Est-ce que tu faisais des blagues ? Il y en a pas mal ici. Un soir, quelqu'un a mis du gel pour les cheveux sur mon oreiller... J'ai vraiment eu peur, parce qu'on venait de parler du monstre de Cushetunk et j'ai cru que c'était sa bave ! Je suis presque sûre que c'est Hannah*

*Burton… Tu te rappelles, Mlle Parfaite qui n'est pas si parfaite que ça ? Eh bien, je parie que c'est elle qui l'a fait !*

*Brandi et Kelly m'ont raconté que dans leur dortoir, quelqu'un avait mis du poil à gratter. Pas très drôle.*

*Un jour, quand on s'est levées, on a trouvé nos chaussettes en tas par terre. Elles étaient toutes mélangées et il n'y en avait qu'une seule par paire. Il nous a bien fallu une demi-heure pour dénicher les autres… Elles étaient dans un grand sac à linge suspendu à un arbre, à trois mètres de notre cabane. C'était énervant, mais rigolo quand même. Vu qu'on était toutes dans la même galère, je ne pense pas que ce soit une fille de notre dortoir qui l'ait fait. Je soupçonne même notre animatrice, Carrie. Elle est géniale, mais je crois qu'elle aime bien les blagues. Peut-être pensait-elle que ça nous souderait de devoir chercher nos chaussettes ensemble.*

*Je suis bien contente de ne pas être dans le dortoir de Justin. Une nuit, quelqu'un a entouré la cuvette de toilettes de film étirable transparent.*

*Tu imagines ce qui s'est passé quand un des garçons a voulu faire pipi !*

*J'apprends à nager, ce qui est très important ici. Tant qu'on ne sait pas faire huit tours (je n'y arrive pas encore, mais bientôt j'espère !), on ne peut pas aller au radeau d'escalade, qui a l'air génial. Je suis décidée à y aller avant la fin de l'été.*

*Mais surtout, j'ai découvert quelque chose que j'aime plus que tout : l'équitation ! J'aurais bien voulu que tu fasses la connaissance de Cannelle. C'est le nom de la jument que je monte, et je l'adore.*

*Toi aussi je t'adore.*

*Tu es la plus géniale des tantes.*

*Ta nièce préférée,*

Lili

# CHAPITRE 12

C'est bientôt la première Soirée des talents de Cushetunk.

Moi, Lili Graffiti, je n'ai pas de talent particulier. En tout cas, rien qui puisse être montré en public. J'ai passé tout mon temps libre à apprendre à m'occuper de Cannelle et je ne pense pas que ramasser du crottin à la pelle soit un spectacle intéressant. Sinon, je serais une vraie star. D'après Carrie, un cheval en produit vingt-trois kilos par jour.

Dingue, non ? Heureusement qu'il ne sort pas tout d'un coup !

Par contre, Justin va faire un numéro ce soir. Il n'a pas voulu me dire quoi, il préfère que ce soit une surprise.

– Je suis sûr que ça te plaira, a-t-il promis.

J'attends donc dans le public, prête à applaudir à tout rompre. Puis les rideaux s'ouvrent sur Hannah Burton, qui fait un numéro de gym. Elle a beaucoup de succès avec son double flip arrière. Bon, je reconnais qu'elle est douée. J'applaudis quand même.

Elle porte alors la main à son cœur et nous sourit. Ma parole, on croirait qu'elle vient d'être couronnée Miss Cushetunk !

Ça me donne envie de vomir.

La plupart des autres numéros sont réalisés par des ados. Un garçon chante à la guitare une chanson qu'il a composée. Une grande fille jongle avec cinq balles. Deux frères font un numéro de claquettes. Je suis en train de penser que j'aimerais bien apprendre les claquettes, moi aussi, quand Carrie monte sur scène. Avant qu'elle puisse ouvrir la bouche, Cléo court vers elle en criant d'un air paniqué :

– Là, tout autour de moi… Tout autour de moi !

– Quoi ? crie Carrie. QU'EST-CE QU'IL Y A TOUT AUTOUR DE TOI !

– Ma ceinture ! répond Cléo en désignant son ventre.

Elles éclatent de rire toutes les deux, et le public avec elles.

Elles saluent. Puis Carrie annonce :

– Pour le final, Justin Morris et Trésor Jackson vont nous chanter une chanson.

C'est ça, la surprise ? Qu'il chante en duo avec Trésor ? Quand est-ce qu'ils ont répété ?

Justin et Trésor entrent sur scène et se mettent à chanter, très sérieux. Je reconnais l'air tout de suite… c'est l'hymne de Cushetunk. Mais ils ont changé les paroles :

*Cushetunk, notre ami le putois*[1]
*Tu pourrais faire un effort !*
*Vite, un coup de déo !*

---

1. En anglais, putois se dit *skunk* et rime avec Cushetunk. (N.d.T.)

*Il vient de sévir !*
*Je vais m'évanouir.*
*Bouchez-vous vite le nez*
*Ou vous allez mourir.*
*Oh, là là, c'est de pire en pire !*
*Cushetunk, notre ami le putois,*
*On ne peut plus tenir !*

À la fin du couplet, ils se mettent à tousser. Ils titubent, puis s'écroulent sur le sol en suffoquant, comme s'ils n'arrivaient plus à respirer.

Tout le monde rit et applaudit. Je suis trooooop fière de Justin. Je devrais être fière de Trésor aussi, j'imagine. Je n'ai jamais entendu des paroles aussi drôles et ils étaient parfaitement ensemble. Ils ont dû beaucoup répéter. Mais quand… ? Comment se fait-il que je n'en aie rien su ? Et pourquoi ça me fait quelque chose d'y penser ?

Je vais dans les coulisses pour féliciter Justin, mais ils sont assaillis. Quand je réussis enfin à arriver jusqu'à lui, je dis :

– Justin, c'était hyper-drôle !

Il fait un si grand sourire qu'on voit toutes ses bagues.

Je lui souris en retour.

– Pourquoi tu ne m'as pas dit que tu chantais ? Enfin, je le savais, puisqu'on chante tout le temps dans la voiture, mais je ne savais pas que tu pouvais chanter comme ça ! En public, en plus !

Il hausse les épaules.

– Quand on a déménagé en Alabama, maman m'a inscrit au chœur des enfants de l'église. Elle pensait que ce serait un bon moyen de me faire des amis. Et finalement, j'ai découvert que j'aimais ça. Je fais même partie de la chorale de l'école et j'ai eu un rôle dans la comédie musicale à la fin de l'année.

Je suis surprise et un peu contrariée. Pourquoi ne m'a-t-il pas dit quelque chose d'aussi important ?

– Il faut que tu m'écrives plus souvent !

– Ce n'est pas trop mon truc, dit-il avec une grimace. Désolé.

– Comment vous avez eu l'idée de chanter ensemble Trésor et toi ?

Il hausse à nouveau les épaules.

– On faisait les fous sur le radeau d'escalade et on a inventé cette chanson. Les autres l'ont trouvée tellement drôle qu'ils nous ont convaincus de la chanter au spectacle.

Je suis à la fois contente pour Justin et énervée. Pas seulement à cause de Trésor, mais aussi parce que je ne suis toujours pas capable de nager jusqu'au radeau. Je me demande tout ce que je manque.

– On était vraiment pliés de rire quand ils ont inventé les paroles, intervient alors Hannah avec un malin plaisir. Dommage que t'aies pas été là, Lili.

Quand on parle de putois…

Tout le monde se disperse et rejoint son dortoir. En grimpant dans mon lit, je trouve une enveloppe sur mon oreiller : « À Lili, de la part de son admirateur secret ».

Jamais je n'aurais pensé que je pouvais avoir un admirateur secret ! Est-ce que c'est Justin ? Par certains côtés, j'aimerais bien… et en même temps, je crois que je trouverais ça bizarre.

Quand j'ouvre l'enveloppe, j'entends un petit vrombissement qui me fait sursauter. Je pense que c'est un insecte géant.

– Aaaaaah !

Il tombe de mon lit jusqu'au sol.

Cléo pousse à son tour un cri. Grace se précipite la première, une chaussure à la main, prête à l'écraser. Puis elle éclate de rire.

– C'est un trombone tordu et un élastique, dit-elle. D'où ça sort ?

– C'était dans cette enveloppe, expliqué-je. C'était un piège !

Je ne veux pas leur montrer l'enveloppe, pour ne pas qu'elles voient ce qui est écrit dessus. Je sais qu'elles se moqueraient de moi d'avoir cru que j'avais un admirateur secret, alors que c'était juste quelqu'un qui voulait me faire une blague. Ça les ferait bien rire.

Puis je remarque que quelqu'un est justement en train de rire.

Hannah Burton, bien sûr.

# CHAPITRE 13

Moi, Lili Graffiti, je m'apprête à faire ce que j'aime le plus à Cushetunk… retrouver Cannelle.

Carrie m'a demandé de la rejoindre aux écuries après le dernier cours de la matinée. Elle m'a dit qu'elle me réservait une surprise.

Cannelle m'attend, toute sellée.

Lorsque je m'approche, elle lève la tête et rabat ses oreilles en arrière.

– Elle te reconnaît, fait remarquer Justin.

Je n'avais pas vu qu'il était là, assis sur la barrière. Il n'est pas seul, mais avec Hannah.

– On vient de finir le cours, m'explique-t-il en retirant sa bombe, les cheveux tout mouillés de sueur.

– Justin et moi, on est dans le même groupe, fanfaronne Hannah.

Je sais que leur groupe vient juste de commencer le trot, alors que je fais déjà des huit… au petit galop ! Je ne peux pas m'empêcher de sourire, mais je ne dis rien. Je ne veux pas faire ma vantarde comme Hannah.

Carrie sort des écuries.

– Ah, tu es là, Lili ! J'ai une surprise pour toi, pour te remercier de toute l'aide que tu m'apportes…

Je bous d'impatience.

– Qu'est-ce que c'est ?

Elle désigne une barre posée par terre au milieu de la carrière.

– Ça sert à quoi ?

– Elle veut voir si tu arrives à l'enjamber sans te casser la figure.

Justin fait un drôle de bruit avec son nez en riant. On dirait un cheval.

Carrie tourne la tête vers Hannah, qui écarte les mains d'un air faussement innocent.

Carrie revient vers moi.

– J'ai pensé qu'on pourrait commencer le saut.

Je n'arrive pas à en croire mes oreilles.

– C'est mon rêve ! dis-je à Justin.

Il me sourit.

– Je reste te regarder.

– Moi aussi, ajoute Hannah. Ça peut être rigolo.

Je n'ai aucune envie qu'elle reste, mais je ne sais pas comment me débarrasser d'elle.

À cet instant, le téléphone sonne dans le bureau des écuries. Carrie pousse un soupir.

– Il faut que j'aille répondre. Je reviens le plus vite possible. Pendant ce temps, vérifie sa sangle, Lili.

Justin paraît impressionné. Hannah fait celle qui s'ennuie.

Je caresse l'encolure de Cannelle. Son pelage est doux et lisse comme du velours.

Je passe la main sous la sangle ventrale, qui maintient la selle en place. Elle est ni trop serrée ni trop lâche.

Je lui donne une petite tape.

– Il faut que j'aille faire pipi, Cannelle. Je reviens tout de suite.

Hannah pouffe.

– Tu dis à ton cheval que tu vas faire pipi ? Je parie qu'il ne te prévient pas, lui !

Hannah a raison. Les chevaux font pipi quand ils en ont envie.

– J'y vais avec toi, déclare Justin en sautant à bas de la barrière.

Hannah lève les yeux au ciel.

– On se croirait en CE2, quand vous ne pouviez pas faire un pas l'un sans l'autre.

Justin fixe le sol, tout rouge. Alors qu'on contourne l'écurie pour rejoindre les cabines de toilettes en plein air, je lui dis :

– Je ne peux pas croire que tu es devenu ami avec Hannah !

Il hausse les épaules.

– C'est elle qui me colle. Carrie m'a dit

que tu allais venir, alors après la fin du cours, je t'ai attendue, et Hannah a décidé de rester aussi.

On entre chacun dans une cabine.

Quand je reviens à la carrière, Justin est déjà là, et Hannah est assise sur la barrière à côté de lui.

Je me dirige vers Cannelle sans leur prêter attention. Je lui chuchote :

– On va sauter, aujourd'hui.

Je glisse mon pied gauche dans l'étrier et j'agrippe le pommeau de la selle. Alors que je lance la jambe droite, la selle se met à glisser. Je me retrouve sous Cannelle ! Je

tombe sur le sable humide… Hum. Très bizarre ! Il n'a pas plu depuis des jours.

– Ça va, Lili ? demande Justin en courant vers moi.

Je me relève. Cannelle me regarde d'un air surpris, comme si elle ne comprenait pas pourquoi je suis là et pas sur son dos, comme d'habitude.

Carrie surgit à son tour de l'écurie, l'air inquiète.

– Tu ne t'es pas fait mal, Lili ?

Je hoche la tête, gênée.

– Je ne sais pas pourquoi je suis tombée…

J'entends un petit rire. C'est Hannah.

– Qu'est-ce qui te fait rire, on peut savoir ?

– Cannelle a fait pipi en même temps que toi et Justin. J'allais te prévenir, justement. Désolée.

Et elle recommence à rire. Je la fusille du regard.

– C'est pas drôle !

– Ça suffit, Hannah, s'impatiente Carrie en attrapant la sangle de Cannelle. Lili, c'est bien trop lâche… je t'avais dit de vérifier !

– J'ai vérifié !

– Eh bien, c'est trop lâche.

Elle soulève le rabat de la selle et raccourcit la sangle.

– Tu es prête ? C'est important de remonter tout de suite. À la fois pour toi et pour elle.

Je n'ai qu'une envie : rentrer au dortoir me changer, mais je hoche la tête et je me hisse sur la selle. Une fois là-haut, je caresse l'encolure de Cannelle et je lui chuchote :

– C'est pas ta faute.

Je glisse un regard vers Hannah, qui est en train de parler à Justin. Je suis presque sûre que c'est elle.

– Concentre-toi, Lili, me dit Carrie, tout en entraînant Cannelle dans la carrière.

J'ai l'impression d'être revenue à l'école. À la fin de l'année, tout le monde n'avait que ce mot-là à la bouche : « Concentre-toi, Lili ! »

Carrie continue à parler. Oups ! J'étais tellement concentrée sur « concentre-toi » que je n'ai rien entendu !

– Je veux que tu regardes entre les oreilles de Cannelle. Ce n'est pas une bonne chose de regarder par terre, surtout quand on saute. Tu ne vas pas vraiment sauter aujourd'hui, mais autant prendre les bonnes habitudes dès le début. Quand tu approches de la barre, tu avances les mains au-dessus de l'encolure. On appelle ça relâcher.

– Pourquoi ?

– Tu lui laisses la liberté de sauter. Si tu tires les rênes vers toi, elle va s'arrêter. Ça peut faire peur de relâcher les rênes à ce moment-là, mais si tu ne le fais pas, elle va broncher et faire un écart.

Me voilà pas très rassurée… Je suis contente de commencer par une simple barre posée par terre !

– Tu dois utiliser tes jambes et ton sens de l'équilibre. Si tu es douée, c'est parce que tu as un très bon équilibre.

Je suis surprise. C'est la première fois qu'on me félicite pour mon équilibre.

– Pars au trot, m'indique Carrie.

Je donne un petit coup de talon et claque de la langue. Cannelle obéit instantanément. À chaque foulée, je me soulève sur mes étriers afin d'accompagner le mouvement de la jument.

Lorsqu'on approche de la barre, j'avance mes rênes, comme me l'a expliqué Carrie.

Cannelle enjambe la barre d'un pas souple.

– Très beau, approuve Carrie.

J'entends applaudir. Je jette un coup d'œil : c'est Justin.

– C'est très bien, Lili, ajoute Carrie.

Je fais tourner plusieurs fois Cannelle autour de la carrière et passer par-dessus la barre. Mais mon pantalon mouillé continue à me tracasser et, malgré tout le plaisir que je peux éprouver, je suis quand même soulagée quand Carrie annonce que ce sera tout pour aujourd'hui.

– Il faut que tu ailles te nettoyer et te préparer pour la baignade. Ramène-moi Cannelle, je vais m'occuper d'elle.

Je glisse en bas de la selle et tends les rênes à Carrie.

Maintenant que je ne suis plus concentrée sur mon cheval, je me sens dégoûtante. Et pour ne rien arranger, je pue.

Carrie baisse la voix pour ajouter :

– La prochaine fois que je te demande de vérifier la sangle, fais-le vraiment.

Je me mords la lèvre. Je ne veux pas répéter que je l'ai bien fait. Je jette un regard vers la barrière. Hannah est en train de chuchoter quelque chose à l'oreille de Justin.

Lorsque je les rejoins, elle me jette un regard furieux, comme si je les interrompais dans un moment important.

– On a l'impression que tu maîtrises super-bien, me dit Justin en sautant à terre. À tout à l'heure… Je dois aller me changer pour la baignade.

– Lili et moi aussi, déclare Hannah. On se retrouve sur le radeau.

Malheur. Je dois rentrer au dortoir avec elle.

– Justin est bien plus mignon que dans mon souvenir, me dit-elle en marchant. C'est dommage que tu te sois cassé la figure juste devant lui… en plus dans une flaque de pipi !

Elle pouffe, mais elle n'ose pas croiser mon regard. C'est alors que je sais… Je le sais, j'en suis sûre… C'est à cause d'elle si je suis tombée dans le pipi de Cannelle.

# ■ CHAPITRE 14 ■■■

– Tu ne peux pas être sûre que c'est Hannah, déclare Kelly.

– Moi, ça me paraît clair, rétorque Brandi.

C'est l'après-midi, pendant notre temps libre, et on est assises toutes les trois sous Albert. C'est le surnom qu'on a donné au gros arbre à mi-chemin entre nos cabanes, sous lequel on aime bien se retrouver pour discuter. Je viens de leur raconter ce qui s'est passé à la carrière ce matin.

– Il n'y a pas que la selle, dis-je. Hannah n'a pas arrêté de me faire des sales coups. D'abord, le gel sur mon oreiller…

– Puis l'enveloppe de ton « admirateur secret », ajoute Brandi.

– Ouais, admet Kelly avec une grimace. Ça, c'était vraiment méchant !

– Et aujourd'hui, la selle. Me faire tomber dans le pipi de Cannelle, là, ça dépasse les bornes ! Il faut que je me venge. Je dois trouver un truc qui lui fasse la peur de sa vie.

Brandi se redresse d'un coup.

– Flash info ! Flash info ! Flash info ! Hannah Burton a peur de Cushie !

– C'est vrai ! confirme Kelly. Tu te rappelles comme elle était nerveuse quand on en a parlé sur le bateau ?

– Vous avez une idée ?

Brandi sourit.

– Et si on lui faisait croire que Cushie l'a choisie comme victime ?

J'écarquille les yeux.

– Génial ! Mais comment ?

Kelly fronce les sourcils d'un air concentré, puis elle se frotte les mains et, de la même voix que la sorcière dans *Le Magicien d'Oz*, elle déclare :

– *Cette chose-là doit s'opérer délicatement.*

– Qu'est-ce que tu veux dire ? l'interroge Brandi.

– C'est clair qu'on ne peut pas aller voir Hannah et lui dire qu'en discutant avec Cushie, on a découvert qu'elle voulait sa peau. Il faut qu'on l'amène à y croire petit à petit.

– Oh ! Oh ! m'écrié-je. Vous connaissez les Marshall, la famille qui loue un appartement à mon père ? Une fois, Dylan a voulu faire peur à sa petite sœur, Savannah.

– Je m'en souviens, dit Brandi. Tu m'avais dit que ton père craignait que Dylan devienne un génie du crime.

– Qu'est-ce qu'il avait fait ? s'enquiert Kelly. Et pourquoi je ne suis pas au courant ?

– Tu étais partie chez ta grand-mère, je lui rappelle.

– Qu'est-ce qu'il avait fait ?

– Il avait élaboré un plan en quatre étapes. D'après lui, il en faut toujours quatre.

– Je croyais que c'était trois.

– Trois, plus le bouquet final. Et il faut

toujours aller croissant. Donc, d'abord, il a raconté à Savannah une terrible histoire de monstres qui vivent sous les lits.

– Tous les enfants pensent qu'il y a un monstre sous leur lit, intervient Kelly.

– Exactement, donc ça, c'était facile. Mais il a rajouté des détails. Il lui a dit que le monstre aimait les chips, les bananes et les petites filles. Le soir suivant, il a disposé des miettes de chips qui menaient jusque sous son lit. Savannah est très peu soigneuse, donc quand elle s'est plainte à leur père, il a cru que c'était elle qui les avait laissées. Dylan a attendu quelques jours, puis il a mis une peau de banane sur son oreiller. C'était la troisième étape.

– Ouah, c'est vraiment méchant, dit Kelly. Je suis contente de ne pas l'avoir comme frère. C'était quoi, le bouquet final ?

– Il a attendu encore quelques jours pour se glisser sous son lit. Il avait prévu de faire des bruits inquiétants et de donner de petits coups dans le matelas. Il pensait qu'elle courrait chercher son père, terrifiée, et qu'il pourrait tranquillement retourner dans sa chambre. C'est là qu'il a commis une erreur. Savannah avait bien trop peur pour sortir de son lit. Elle s'est mise à hurler pour faire venir son père. Au début, il ne l'a pas crue et lui a dit de ne pas faire l'idiote. Mais elle a tellement insisté qu'il a regardé sous le lit. Et là… il a vu Dylan ! Il était coincé !

– Ah ah, c'est un sacré plan, commente Kelly. À part que nous, on veut pas se faire pincer !

– Exactement, dis-je. Il faut qu'on soit prudentes. Mais à trois, ça devrait être plus facile.

On se creuse la tête.

– Et si Cushie lui écrivait une lettre ? suggère Brandi.

– Personne ne goberait un truc pareil, rétorque Kelly.

Brandi lui jette un regard noir.

– Tu ne te souviens pas de ce que Mme Holt nous a appris ? La première règle, quand on cherche des idées, c'est de ne jamais dénigrer celles des autres.

– Bien, dis-je, continuons.

– Désolée, s'excuse Kelly, les joues roses. Tu as raison.

– Bon, reprend Brandi. La première étape, c'est de faire croire à Hannah que Cushie est sortie du lac pour chercher une victime.

– Et si on laissait une flaque puante ?

– Génial ! s'exclame Brandi. Comment on s'y prend ?

– Ooooh ! Ooooh ! Je sais comment ! On fait macérer du crottin dans de l'eau !

– Beurk, c'est dégueu ! dit Kelly.

– Bien sûr que c'est dégueu. C'est ce qu'on cherche.

– Non. C'est dégueu que t'aies pensé à un truc pareil.

– C'est pas moi, ça existe pour de vrai ! C'est Carrie qui m'en a parlé. Les jardiniers utilisent les crottes des chevaux ou des vaches comme engrais naturel.

– D’accord, acquiesce Brandi, mais alors, c’est toi qui le fabriques.

– Pas de problème, dis-je en haussant les épaules.

J’ai tellement l’habitude de ramasser le crottin, maintenant, que ça ne me dérange pas.

– Mais comment faire comprendre à Hannah que Cushie l’a choisie, elle ?

On se lève et on se met à tourner en rond. Je ne sais pas comment ça marche, mais j’ai vu ça dans un film, un jour, ça avait l’air d’être efficace. On fait plusieurs fois le tour d’Albert.

– J’ai trouvé ! s’exclame Brandi.

Puis ses épaules s’affaissent.

– Non, rien.

On recommence à tourner en rond. Kelly s’arrête.

– Et si… Non, laissez tomber.

On change de sens de rotation. Soudain, je pousse un cri de triomphe :

– Blanche-Neige !

– Euh ? demande Brandi.

Je souris.

– D'après Hannah, qui est la plus jolie fille de la colo ?

– Fastoche, répond Kelly. Elle.

Je hoche la tête.

– Exactement. Elle est comme la reine de *Blanche-Neige*, qui demande tout le temps : « Miroir, mon beau miroir, dis-moi qui est la plus belle. »

Brandi fronce le nez.

– Je ne comprends toujours pas.

– Moi, si ! s'écrie Kelly. On dit à Hannah que Cushie choisit toujours la plus jolie fille de la colo !

– Parfait ! approuve Brandi. Et l'étape numéro trois ? Il faut convaincre Hannah que Cushie est vraiment à sa recherche, avec des tentacules visqueux, ce genre de truc…

– On peut utiliser du gel pour les cheveux, comme elle.

Brandi secoue la tête.

– Elle va deviner tout de suite.

– Oh ! s'exclame Kelly. Je sais comment on peut avoir de la vase. Vous vous souvenez quand on a fait du modelage, la semaine dernière, et qu'un des garçons avait mis trop d'eau ?

– Oui, renchérit Brandi. Et c'est devenu horriblement visqueux. Si on en laisse un peu sur la vitre, ça ressemblera à une trace de tentacule.

– Super, dis-je. Et le bouquet final ?

Brandi se frotte les mains.

– Hé hhhé Hannahhh, murmure-t-elle, Hannah, j'ai besooooin de toi.

– Je ne pige pas, dis-je.

– Dans la cabine radio, je peux faire un enregistrement qu'on diffusera devant sa fenêtre. On peut moduler les voix comme on veut. Elle va avoir la frousse de sa vie.

J'adore ce plan.

J'adore mes amies.

J'adore l'idée de rendre enfin à Hannah la monnaie de sa pièce.

# CHAPITRE 15

Moi, Lili Graffiti, je suis en train de remplir un seau d'eau et de crottin.

Le plus discrètement possible.

Je n'imaginais pas faire ça un jour.

L'idée de faire macérer du crottin paraissait bien meilleure hier, quand je n'avais pas encore le nez au-dessus du seau. J'espère que ça en vaut la peine.

Je verse de l'eau avec le tuyau d'arrosage, puis je porte le seau dans un box vide et je le pose dans un coin au fond, où, j'espère, personne ne le remarquera. Il faut attendre un jour ou deux pour que ce soit bien parfumé.

Le deuxième jour de l'opération Cushie, Kelly, Brandi et moi, on va vérifier l'état du seau.

– C'est parfait, déclare Kelly d'une drôle de voix, parce qu'elle se bouche le nez.

– Parfaitement dégoûtant, approuve Brandi. Exactement ce qu'on voulait! Opération Cushie: l'étape numéro un commence aujourd'hui à dix-neuf heures trente.

Je me repasse le plan dans la tête. D'abord, on va fabriquer une « empreinte de Cushie ». On va creuser un trou pas très profond sur le bord du chemin qui mène à notre dortoir. C'est là que je verserai un peu de bouillon de crottin le moment venu. Je ne peux pas le faire à l'avance, parce que la terre boirait l'eau.

Après le dîner, tout le monde regagnera son dortoir pour se changer pour la soirée cinéma en pyjama. Kelly doit rester bavarder avec Hannah au réfectoire pour que les autres enfants soient loin devant.

Je me cacherai derrière les arbres près de l'« empreinte » et Brandi montera la garde. Quand elle me fera signe, je verserai le liquide puant dans l'« empreinte », et je reviendrai me cacher.

Après, ce sera à Kelly de jouer.

Moi, Lili Graffiti, je déteste les moustiques. Mais les moustiques, eux, ont l'air d'adorer l'infusion de crottin. Je pense que tous les moustiques de la colo sont réunis autour de moi.

Je me répète que l'art demande parfois des sacrifices. Et je veux que l'opération Cushie soit un chef-d'œuvre : la blague la plus géniale jamais inventée, médaille d'or aux championnats du monde des blagues.

J'entends Brandi siffler l'hymne de la colo. C'est notre signal. Je sors des buissons et verse l'eau puante dans l'« empreinte », puis je retourne me cacher derrière les buissons. Un instant plus tard, Brandi me rejoint.

– Elles arrivent, chuchote-t-elle, très excitée.

On surveille la scène à travers les feuilles.

Kelly et Hannah approchent en discutant. Soudain, Kelly se fige.

– Beuuuurk ! dit-elle. Tu sens cette odeur ?

Hannah s'arrête à son tour et renifle une fois. Puis une deuxième.

Je trouve ça drôle : quand les gens sentent une mauvaise odeur, ils reniflent à nouveau.

– C'est dégueu. Qu'est-ce que c'est ?

– Aucune idée, dit Kelly. Bon, allons-y, je ne veux pas être en retard pour le ciné.

Elles avancent encore un peu, puis Kelly s'arrête à nouveau.

– Regarde ! s'exclame-t-elle d'une voix effrayée.

Je ne savais pas qu'elle jouait si bien la comédie.

Elles s'avancent toutes les deux jusqu'à la flaque.

– Une empreinte, chuchote Kelly.

– Quoi ?

– Une empreinte… de Cushie.

– Mais oui, bien sûr, se moque Hannah.

– Dans mon dortoir, les filles disent que Cushie est à nouveau en chasse. Elle est sortie du lac et rôde autour des cabanes. Si on voit une flaque d'eau puante, ça ne peut être qu'une empreinte laissée par ses pattes. Ne la touche surtout pas ! Il paraît que ça l'attire.

Hannah contourne soigneusement la flaque.

Brandi me fait un signe du pouce.

L'étape numéro un de l'opération Cushie est réussie !

Moi, Lili Graffiti, j'attends dans mon lit les yeux grands ouverts. D'habitude, je suis une des dernières à me lever, mais ce matin-là, je me suis réveillée avant même l'appel du clairon. J'ai hâte de savoir si on va passer à l'étape numéro deux de l'opération Cushie.

Pour l'instant, je n'en ai aucune idée,

parce que ça dépend de Brandi et de Kelly. Ont-elles réussi à sortir discrètement de leur cabane hier soir et à étaler de l'argile visqueuse sur la fenêtre près du lit d'Hannah ?

J'entends enfin le clairon sonner. Je m'étire en exagérant mes bâillements, puis je descends de ma couchette. Alors que je me dirige vers les toilettes, je passe devant Hannah… HOURRA ! La tache est là !

– Beurk ! m'écrié-je. C'est quoi, ça ?

Trésor et Hannah se redressent dans leur lit.

– C'est quoi, quoi ? aboie Hannah.

Je tends juste le doigt. Elle se tourne vers sa fenêtre, tandis que Trésor dégringole de la couchette du haut.

– Ouah, les filles, dit-elle. C'est dégoûtant !

C'est vraiment dégoûtant… une longue traînée verdâtre en travers de la vitre.

Toutes les filles se rassemblent autour du lit de Hannah.

– J'ai entendu dire que Cushie rôdait à nouveau dans les parages, chuchote Grace.

– Qu'est-ce qui se passe ? demande Carrie en sortant de sa chambre.

D'un geste éloquent, on lui montre la vitre.

Carrie se penche pour mieux voir, puis elle lève les yeux au ciel et sort. Par la fenêtre, on la voit qui s'approche et examine la tache avec attention.

– Alors ? demande anxieusement Hannah quand elle revient.

– Ça doit être un des garçons, marmonne-t-elle avec humeur. Typique des blagues de milieu de colo.

Mais Hannah n'a pas l'air convaincue.

Au réfectoire, Brandi fait la queue avec Hannah. Je me mets trois personnes derrière pour pouvoir les écouter.

– C'est vrai ? demande Brandi.

– Quoi ?

– Tout le monde dit que le monstre du lac a laissé une trace sur ta fenêtre.

– J'ai pas envie d'en parler !

– Ça ne serait pas étonnant, continue Brandi. Je voulais faire un reportage sur Cushie, donc je suis allée poser des questions aux ados. Il y en a un qui m'a dit qu'elle choisissait toujours la plus jolie fille de la colo…

Kelly les rejoint.

– J'ai entendu parler de la vase sur ta fenêtre, dit-elle à Hannah. Tu ne stresses pas trop ?

– Elle n'a pas envie d'en parler, intervient Brandi.

– Tu lui as dit comment elle choisissait sa proie ? demande Kelly.

On est vraiment horribles.

Temps libre. Kelly et moi, on attend Brandi assises au pied d'Albert. Je commence à m'inquiéter.

– Et si elle n'a pas pu le faire ?

– Arrête de flipper, dit Kelly. La voilà.

Brandi court vers nous, un grand sourire aux lèvres.

– C'est qui la championne ? fanfaronne-t-elle.

– Ça dépend, répond Kelly. Tu l'as ?

– Ouaip !

– Trop cool ! on s'écrie ensemble, Kelly et moi.

Brandi a l'enregistrement pour le bouquet final. Je lui demande si on peut l'écouter. Elle jette un regard autour de nous, puis nous fait signe de nous approcher.

– Venez plus près. Personne ne doit l'entendre. Je vais mettre très bas.

On forme un cercle autour d'elle, et Brandi déclenche l'enregistreur.

Retentit alors la voix la plus étrange que j'aie jamais entendue… Basse et pleine de glouglous… Comme si elle venait des profondeurs de l'eau. Alors même qu'on est en plein jour et que je sais que c'est un faux, un frisson me parcourt.

– La vache ! s'exclame Kelly. C'est toi, ça ?

Brandi secoue la tête.

– J'ai demandé à Mark, l'animateur qui s'occupe de la radio.

– Qu'est-ce que tu lui as dit ?

– Rien, répond Brandi. Il adore mixer les sons. Lui, ça l'amusait de faire ça.

Elle me passe un petit boîtier en plastique.

– Tiens, la télécommande. Ce soir, avant l'extinction des feux, j'irai poser l'enregistreur sur le rebord de la fenêtre de Hannah. Tu attends que les lumières soient éteintes et ensuite, quand tu veux… tu appuies sur le bouton !

Je glisse la télécommande dans la poche de mon short.

Je suis hyper-contente !

– Extinction des feux ! crie Carrie.

On grimpe toutes dans nos lits. Je n'ai pas l'intention de dormir, bien sûr. Il faut que je reste éveillée pour lancer l'enregistrement.

Puis Carrie nous annonce :

– Je dois discuter de la prochaine Soirée des talents avec Maria.

Maria, c'est l'animatrice responsable du dortoir de Brandi et de Kelly.

– Si vous avez besoin de moi, reprend-elle, on sera sur le chemin, à mi-distance entre les deux cabanes. Mais je veux le silence complet, compris ?

Je pensais attendre une bonne demi-heure, mais c'est sans doute mieux de passer à l'action tout de suite, avant qu'elle revienne. Combien de temps va-t-elle rester absente ? J'aurais bien aimé qu'elle nous le dise ! Puis je réalise que ça ne m'aurait pas beaucoup avancée, vu que je n'ai aucun moyen de mesurer le temps. Je regrette d'avoir laissé mon réveil-cochon-barbotant-dans-un-bain-moussant à la maison.

Je décide d'attendre dix minutes.

Je compte dans ma tête : « Un Mississippi. Deux Mississippi[1]. » Puis je m'arrête et je calcule jusqu'à combien il faut que je compte pour faire dix minutes. Six cents ! C'est beaucoup trop ! Et d'abord, en quel honneur le Mississippi serait-il le gardien du temps ? C'est pas juste pour l'Amazone, juste parce qu'il a une syllabe de moins !

Le dortoir est très silencieux. Personne ne chuchote.

Je n'y tiens plus.

J'appuie sur le bouton.

---

1. Aux États-Unis, on utilise le mot Mississippi pour mesurer l'écoulement d'une seconde. (N.d.T.)

La voix qui passe à travers la fenêtre n'est pas aussi forte que je l'espérais, mais d'une certaine façon, ça la rend encore plus effrayante.

– Haaannnnaahhhhh ! Hannnnaaahhhh ! Je teeeeeee veeeeeeeux. J'ai besoooooooin de tooooooi.

Je crois que c'est fini, mais ça recommence plus fort :

« HAAANNNNNAAHHHHH ! HAANNNAAAHHHH ! JE TEEEEEEE VEEEEEUX. J'AI BESOOOOOOOOOOOOOIN DE TOOOOOOOOOI. »

Avec un cri perçant, Hannah se précipite vers la porte. J'imagine qu'elle va chercher Carrie mais, quelques secondes plus tard, j'entends un nouveau cri.

Les lumières s'allument. C'est Grace qui a appuyé sur l'interrupteur.

– Qu'est-ce qui se passe ? gémit Cléo. D'où vient cette voix !

Elle a l'air si terrifiée que je me sens coupable.

Les autres sont sorties de leur lit. Je les rejoins. Elles veulent toutes savoir d'où vient la voix. Ça, je le sais, mais je me demande ce qui est arrivé à Hannah et ça m'inquiète.

– Il faut aller voir si Hannah a besoin d'aide, déclare Grace. Prenez vos torches !

– Ce n'est peut-être pas une bonne idée de sortir, murmure Cléo.

– On n'a pas le choix ! rétorque Trésor.

Mais alors qu'on se dirige vers la porte, on entend Carrie nous crier :

– Retournez toutes vous coucher ! J'arrive dans quelques minutes !

On attend. Le temps passe lentement. Carrie devrait revenir avec Hannah d'une seconde à l'autre. Je sais qu'elle va se fâcher très fort, comme quand Hannah avait mis du gel sur mon oreiller, mais ce sera moins dur à vivre que cette attente.

Carrie revient enfin. Sans Hannah. Mon ventre se noue.

Tout le monde l'assaille de questions.

– Silence ! hurle-t-elle.

Le silence se fait instantanément.

– Bien… Je veux que vous restiez dans vos lits sans bouger. Je dois emmener Hannah à l'infirmerie. Je vais vous envoyer une animatrice. D'ici là, pas un mot. C'est clair ?

Elle a l'air furieuse.

On hoche toutes la tête. Je ne peux pas m'empêcher de demander :

– Est-ce que Hannah va bien ?

– J'ai dit : pas un mot !

Je frissonne dans mon lit.

Dès que Carrie est repartie, tout le monde se remet à parler, bien sûr. Tout le monde, sauf moi.

Quand l'animatrice arrive, quelques minutes plus tard, on lui demande comment va Hannah.

– Je ne suis pas au courant, nous répond-elle. Mais l'extinction des feux est passée, vous devriez dormir, et Carrie m'a demandé de vérifier que vous étiez sages.

Allongée dans mon lit, je fixe le plafond. Il me reste quelque chose à faire, mais je ne peux pas bouger tant que tout le monde ne dort pas. Je n'ai pas peur de m'assoupir… Je ne suis pas du tout en état de dormir.

J'attends que le silence se fasse… Puis j'attends encore. L'animatrice s'est installée dans la chambre de Carrie. Je sais qu'elle dort, car je l'entends ronfler. En temps normal, j'aurais trouvé ça drôle, mais là, plus rien n'est drôle.

Quand je pense qu'il n'y a plus de risque, je me glisse en bas de mon lit. Si quelqu'un se réveille, je dirai que je vais faire pipi.

Personne ne bouge.

J'ouvre la porte le plus silencieusement possible et me faufile dehors, puis j'avance jusqu'à la fenêtre de Hannah et je prends l'enregistreur. Je n'avais aucune envie de le faire, mais je devais bien ça à Brandi. Je ne veux pas que tout lui retombe dessus.

De retour dans mon lit, je n'arrive toujours pas à trouver le sommeil. Je me répète en boucle: «Je ne suis pas méchante, mais j'ai fait quelque chose de mal. Je ne suis pas méchante, mais j'ai fait quelque chose de mal. Je ne suis pas méchante, mais j'ai fait quelque chose de mal.»

J'y pense toute la nuit.

# CHAPITRE 16

Alors que le jour se lève, mon moral, lui, dégringole.

Le lit de Hannah est toujours vide.

La panique me gagne. Et s'il lui était arrivé quelque chose de vraiment grave ?

Je n'ai jamais eu aussi peur de ma vie.

Soudain, Mlle Flo entre dans notre dortoir et j'ai encore plus peur.

– Les filles ! appelle-t-elle en tapant dans ses mains. Venez là ! Tout de suite !

On se rassemble autour d'elle. Son regard nous scrute tour à tour.

– D'abord, j'ai une annonce à vous faire : Hannah va bien.

Tout le monde pousse des cris de joie, moi y compris. Puis Mlle Flo lève les mains, et on se tait.

– Cependant, elle s'est fait une mauvaise entorse et elle va devoir rester couchée un moment. Nous avons appelé ses parents et elle a demandé à rester ici. Je suis fière d'elle. En revanche, je ne suis pas fière de ce qui s'est passé hier soir. Je ne prétends pas que c'est quelqu'un de votre dortoir qui a joué à Hannah le mauvais tour qui l'a effrayée, mais je peux vous assurer qu'on va trouver qui c'est. Si l'une d'entre vous sait des choses qui pourraient nous aider, venez nous voir, Carrie ou moi. C'est tout pour le moment. Faites vos lits et habillez-vous pour aller prendre votre petit déjeuner.

Je suis soulagée et terrifiée à la fois. Je ne pensais pas que c'était possible.

Tout le monde chuchote. Je me demande si elles se doutent que c'est moi.

Est-ce qu'on peut aller en prison pour une blague ?

Alors qu'on se dirige vers le réfectoire, je réalise que Brandi et Kelly ne savent pas ce qui s'est passé. Heureusement, on s'est donné rendez-vous au pied d'Albert juste après le petit déjeuner. Je ne suis pas pressée de les voir.

Elles ont juste voulu m'aider. Et si jamais on se fait renvoyer toutes les trois ? Ce sera à cause de moi.

– Lili, ça va ? me demande Carrie.

Je ne m'étais même pas aperçue qu'elle marchait à côté de moi.

– Oui, oui. J'étais juste en train de réfléchir.

Elle me regarde d'un air bizarre, mais continue à avancer.

Le petit déjeuner est horrible… Cléo est assise à côté de Kelly. Je la vois qui chuchote. Kelly écarquille les yeux, puis se tourne vers moi d'un air paniqué. J'articule en silence :

– À l'arbre.

Elle hoche la tête, puis rejoint Brandi et lui murmure quelque chose à l'oreille.

Même Justin vient me voir.

– Je viens d'apprendre ce qui est arrivé à Hannah. Elle va bien ?

Je n'arrive pas à lui répondre. J'ai l'impression que je vais fondre en larmes.

– Oh là, s'étonne-t-il, j'aurais jamais cru que tu serais triste pour Hannah !

Je me sens encore plus mal.

– Tu as pu reprendre l'enregistreur ? me demande tout de suite Brandi quand on se retrouve au pied d'Albert.

Elle a l'air terrifiée.

– Le voilà, dis-je en le lui donnant.

Elle pousse un soupir de soulagement.

– Qu'est-ce qui s'est passé ? demande Kelly. Je sais que Hannah s'est fait mal, mais je voudrais savoir toute l'histoire.

Lorsque j'ai fini de raconter, Kelly dit :

– Je pense qu'ils ne savent pas que c'est nous.

– Pourquoi ? s'étonne Brandi.

– Pour la trace de vase, Carrie a dit que c'était typiquement une blague de garçon.

Avec un peu de chance, ils penseront que c'est eux. Et comme c'est pas le cas, ils ne pourront rien prouver. Personne n'aura d'ennuis.

– Comme ça, on n'aura pas à se sentir coupables, ajoute Brandi, visiblement soulagée.

Je hoche la tête, mais je ne me sens pas soulagée du tout.

– Je n'ai jamais voulu que Hannah se fasse mal.

– Aucune de nous, dit Brandi. Ce n'est pas de notre faute si elle a trébuché !

Je n'en suis pas si sûre.

Au fil de la journée, je finis par me détendre un peu. Je m'en veux encore, mais l'idée qu'on va peut-être s'en tirer est encore meilleure qu'un milk-shake un jour d'été brûlant.

Mais comme un milk-shake, ça ne dure pas longtemps. Déjà parce qu'il fait vraiment très chaud et que Hannah débarque près du lac pendant la baignade. Elle porte un bandage élastique et s'appuie sur des béquilles.

Elle se retrouve vite entourée d'une petite foule. Elle qui adore être au centre de l'attention, finalement, je lui ai rendu service. Enfin, c'est ce que j'essaie de me dire, mais c'est d'une telle mauvaise foi que j'ai un peu honte.

J'ai envie d'aller lui dire à quel point je suis désolée qu'elle se soit fait mal, mais j'ai peur de rougir et de me trahir. Et puis, Hannah n'en a sûrement rien à faire, vu qu'elle ne m'a jamais aimée.

Mais au même instant, Cléo arrive derrière moi et m'attrape par le bras.

– Hannah est là ! s'exclame-t-elle. Allons la voir !

Quand on arrive près du groupe, Cléo déclare :

– C'est super-courageux de ta part de venir au lac alors que tu as eu si peur de Cushie !

– Cushie n'existe pas ! rétorque Hannah d'un ton sec. Je le sais très bien. Je n'ai pas eu peur. Je voulais juste chercher Carrie.

Je sais que c'est un gros mensonge, mais je ne peux pas protester à voix haute.

– J'ai juste été victime d'une blague stupide, continue-t-elle. Carrie m'a dit que celui qui avait fait ça allait avoir de sérieux ennuis.

Elle défait son bandage.

– L'infirmière m'a conseillé de nager, c'est bon pour ma cheville.

Puis, d'un ton tragique, elle ajoute :

– C'est à peu près la seule chose que je peux faire, maintenant.

Trésor et Grace l'aident à gagner l'eau en sautillant.

– Comme elle est courageuse, murmure Cléo.

– Oui, dis-je parce que je ne sais pas quoi dire d'autre.

– Je vais nager aussi, reprend Cléo. À tout à l'heure !

Je ferais mieux de rejoindre Peter qui m'attend pour le cours des Têtards. Mais avant que j'aie pu faire un pas, Brandi surgit à côté de moi, l'air terrifiée et pâle.

– Qu'est-ce qu'il y a ?

Elle jette un regard autour d'elle pour vérifier que personne ne peut nous entendre, puis elle se met à débiter à toute allure :

– Lili, je ne vais pas pouvoir m'en tirer !

Je viens de réaliser que Mark va dire à Mlle Flo qu'il a fait l'enregistrement pour moi.

Il me faut une bonne minute pour me souvenir que Mark est l'animateur qui s'occupe de la radio.

– J'ai tellement peur, ajoute-t-elle. Et si Mlle Flo me renvoie à la maison ?

Elle prend une profonde inspiration.

– Mais t'en fais pas. Je ne suis pas une balance. Je ne dirai rien pour Kelly et toi.

Elle essaie de me sourire. Je sais qu'elle veut m'aider à me sentir mieux.

Ça ne marche pas du tout.

En revanche… je sais ce qu'il me reste à faire.

# ▪ CHAPITRE 17 ▪▪▪

Me voilà devant la porte du bureau de Mlle Flo. Il n'est pas trop tard pour faire demi-tour… Je peux encore changer d'avis.

Non, en fait, je ne peux pas. C'est moi qui suis responsable, c'est à moi de réparer.

Je lève la main. J'espère presque qu'elle n'est pas là. Sauf que ce serait une catastrophe, parce que jamais je n'aurai le courage de revenir une deuxième fois.

Je frappe.

– Entrez !

Je prends une profonde inspiration. Je me retiens de toutes mes forces de faire demi-tour et de partir en courant. Mais non, j'ouvre la porte.

Mlle Flo n'est pas seule. Mark est là aussi.

– Lili, dit Mlle Flo, est-ce que tu peux faire vite ? Je n'ai pas beaucoup de temps.

Je sais très bien pourquoi elle n'a pas beaucoup de temps. Mark vient de lui raconter l'histoire de l'enregistrement. Et comme Brandi et moi, on n'est pas dans le même dortoir, elle doit penser que je n'ai rien à voir dans l'histoire.

– C'était mon idée, dis-je d'un coup. Brandi a fait l'enregistrement pour moi, parce que c'est mon amie. Je ne voulais pas du tout que Hannah se fasse mal. Promis juré ! J'en avais juste marre qu'elle m'embête et me fasse des blagues !

Incapable d'aligner un mot de plus, je fonds en larmes.

Mark se lève et me fait asseoir sur une chaise. Je vois Mlle Flo prendre des notes sur son carnet.

Je me mets à sangloter.

– Je ne suis pas méchante ! Je ne pensais pas que ça finirait comme ça !

Les larmes et la morve se mêlent sur mon visage. Mlle Flo me tend une boîte de mouchoirs.

– Mouche-toi, arrête de pleurer, et reprends depuis le début.

Je lui raconte tout, mais en oubliant volontairement Kelly.

Une fois que j'ai terminé, Mlle Flo se tourne vers Mark.

– Tu peux aller me chercher Brandi Colwin ?

– C'est pas de sa faute ! m'écrié-je. C'est moi qui ai eu l'idée. Vous allez nous faire arrêter ?

– Non, vous n'irez pas en prison.

– On va devoir quitter la colo ?

– Lili, je voudrais que tu te taises, maintenant.

Ça me fait encore plus peur que tout ce qu'elle a pu dire jusque-là. Je ferme la bouche. Je me demande ce qui arrive aux enfants comme nous. Mlle Flo a dit qu'on n'irait pas en prison. Mais si on nous envoie en centre de rééducation ? Je ne veux pas devoir quitter mon école et mes amis.

Est-ce qu'il y aura des articles dans les journaux ? Mes parents vont mourir de honte d'avoir une fille aussi horrible que moi !

Jamais je n'aurais pensé qu'avoir des ennuis avec la directrice de la colo serait pire qu'être envoyée dans le bureau du directeur de l'école.

Mark revient enfin avec Brandi… et Kelly. Elles ont toutes les deux l'air effrayées.

Kelly me regarde.

– Je lui ai dit que si Brandi et toi, vous deviez avoir des ennuis, alors moi aussi. On a tout fait ensemble.

Je me tourne vers Mlle Flo.

– C'est moi qui voulais me venger de Hannah. Elles m'ont juste aidée. Promis juré,

mademoiselle Flo. Je ne sais pas ce que vous voulez nous faire, mais il ne faut pas les punir. C'est moi, pas Brandi et Kelly.

Elle soupire.

– Lili, pour la dernière fois, tais-toi !

Je recommence à pleurer, mais cette fois sans bruit. Les larmes coulent silencieusement sur mes joues.

Mlle Flo demande à Brandi et à Kelly de donner leur version de l'histoire.

Quand elles ont terminé, elle joint les mains sur son bureau.

Puis elle nous annonce notre punition.

# CHAPITRE 18

Lorsque je quitte enfin le bureau de Mlle Flo, je suis incapable de m'intéresser aux activités de l'après-midi.

Je n'ai pas envie de voir mes amis.

Je n'ai envie de parler à personne.

Il n'y a qu'un seul endroit où j'aie envie d'être, un seul endroit où je me sente protégée… l'écurie. Les chevaux ne se racontent pas les derniers potins. Ils ne vous assaillent pas de questions. Ils ne vous montrent pas du doigt en pouffant.

J'aurais préféré être un cheval. J'aurais sûrement été une meilleure personne.

Je prends l'étrille et le cure-pied dans le seau et je vais voir ma Cannelle. Elle me fait un câlin du bout du nez. Elle me donne docilement sa jambe et je nettoie l'intérieur de son fer.

Celui que mon père m'a offert danse au bout de sa chaîne. Je ne veux pas penser à lui maintenant… et à ma mère non plus.

Je suis en train de brosser Cannelle quand Justin entre dans le box. Il m'observe un moment, adossé à la paroi, puis il finit par demander :

– Ça va, Lili ?

Je hausse les épaules. Il secoue la tête.

– Tu es vraiment allée trop loin, cette fois, non ?

Je hoche la tête.

– Alors c'est vrai que Mlle Flo vous a obligées, toi, Kelly et Brandi, à appeler vos parents pour tout leur expliquer ?

Je hoche à nouveau la tête.

– Allez, raconte ! proteste Justin. Tu n'as pas de raison d'être fâchée contre moi !

Je pose la brosse.

– Je ne suis pas fâchée contre toi. C'est

juste que je me sens pas bien d'avoir provoqué autant de dégâts !

– Ouais, mais t'as survécu au monstre de Cushetunk. Le vrai, je veux dire… Mlle Flo !

Je ne peux pas retenir un sourire.

– Alors c'est vrai que tu as dû appeler tes parents pour leur raconter ce que tu avais fait ? demande-t-il à nouveau.

Je hoche la tête encore une fois.

Il pousse un soupir.

– Dur, dis donc.

Tout à coup, je ne peux plus tenir plus longtemps, et je craque.

– Justin, c'était horrible.

– Ils étaient vraiment fâchés ?

– Ils étaient fâchés, mais ce n'était pas ça le pire. J'ai dû téléphoner devant Mlle Flo, parce qu'elle voulait s'assurer que je raconterais tout.

– Je ne vois pas le problème. Elle savait déjà, de toute façon, non ?

Je sens les larmes me monter aux yeux.

– Tu ne comprends pas ! Elle avait fait un double appel pour que je puisse parler à mes deux parents en même temps. Elle avait mis le haut-parleur… Du coup, Mlle Flo a entendu mes parents se rejeter la faute l'un sur l'autre. Maman a dit que papa avait toujours aimé faire des blagues, même quand ça blessait les gens, et que je devais tenir ça de lui. Papa lui a reproché d'être sur son petit nuage avec Max et que, du coup, elle me laissait faire n'importe quoi. Puis il s'est énervé contre Mlle Flo pour m'avoir mise dans le même dortoir que Hannah, alors ma mère lui a dit de se calmer, et ils ont fini par se crier dessus. C'était atroce.

Justin écarquille les yeux.

– Ma mère racontait parfois à mon père les disputes de tes parents. Ça m'est arrivé de les entendre quand elle croyait que je dormais. Je n'ai jamais voulu t'en parler, mais ça devait être l'enfer.

Ça fait très bizarre de penser que Justin en savait plus sur les disputes de mes parents que moi. J'avais déjà honte de moi, maintenant j'ai honte de mes parents. Et par certains côtés, c'est pire.

Je me mets à pleurer à chaudes larmes.

Justin fait alors un truc auquel je ne m'attendais pas du tout. Il passe le bras autour de mes épaules.

Pas comme un amoureux. Comme mon meilleur ami de toujours.

Je pose la tête contre sa poitrine et je pleure jusqu'à n'en plus pouvoir.

# CHAPITRE 19

Je n'aurais jamais pensé dire un truc pareil un jour, mais moi, Lili Graffiti, je voudrais ne plus jamais parler de ma vie entière.

Malheureusement, je n'ai pas le choix. Carrie nous a annoncé qu'on allait faire une réunion de dortoir.

– Juste après le dîner. Tout le monde doit être là… sans exception !

Hannah est assise sur son lit, la jambe allongée et le pied sur un oreiller. Elle me regarde d'un œil noir.

On ne s'est pas reparlé une seule fois depuis l'accident. J'imagine que je vais devoir m'excuser auprès d'elle, et cette idée me tord le ventre... Je sais que je lui dois des excuses, et je suis prête à les faire, mais je trouve qu'elle devrait s'excuser aussi.

– Bien, les filles, commence Carrie, venez autour de moi !

Je m'assois le plus loin possible de Hannah.

– Mlle Flo veut qu'on mette les choses à plat. Rappelez-vous, le premier jour de la colo, je vous ai dit que vous deviez vous serrer les coudes. Et quoi ? Rien... Vous n'êtes pas sympas les unes avec les autres. Et comme vous le savez, hier soir, Lili a fait à Hannah une blague qui s'est mal terminée.

– Pas juste hier soir, intervient sèchement Hannah. Et la vase sur ma fenêtre ?

– C'était la même blague.

Je regrette tout de suite ce que j'ai dit.

Carrie se tourne vers moi.

– Même si j'admire ta créativité, Lili, je pense que ce serait bien d'employer ton énergie de façon plus positive. Le but de cette réunion, c'est de trouver un moyen

pour cohabiter toutes en paix jusqu'à la fin de l'été.

– C'est pas tout le monde, proteste Grace. Le problème, c'est Hannah et Lili.

– Je n'ai rien fait, se défend Hannah d'une voix forte. Alors que c'est moi la victime, Mlle Flo m'a fait venir dans son bureau pour me dire d'arrêter d'embêter Lili. Je lui ai répondu que je ne savais même pas de quoi elle voulait parler…

Quand j'entends ça, la moutarde me monte au nez.

– Hannah me déteste depuis toujours. Depuis le début, elle n'a pas arrêté de me jouer des tours !

Hannah a l'air stupéfaite.

– Hein ?

– Le gel sur mon oreiller, pour commencer.

– Hum, en fait, c'était moi, avoue Trésor.

Je cligne des yeux.

– Quoi ? Mais je ne t'ai jamais rien fait !

Trésor hausse les épaules.

– Je voulais faire des blagues à tout le monde à tour de rôle. C'est un hasard si j'ai commencé par toi. Mais Carrie a si mal réagi que j'ai préféré arrêter. Désolée. Je ne pensais pas que tu le prendrais pour toi.

Je suis un peu gênée de m'être trompée, mais j'insiste :

– Hannah a une dent contre moi. Et la lettre piégée ? Elle a trouvé drôle de me faire croire que j'avais un admirateur secret. Super-blague !

– Mais tu as vraiment un admirateur secret, dit Cléo.

Je n'en crois pas mes oreilles.

– Comment ça ?

Elle rosit un peu.

– C'est Colin qui m'a demandé de mettre la lettre sur ton oreiller. Je ne te l'ai pas dit, parce qu'il voulait garder le secret. Il t'aime vraiment beaucoup, Lili. Il a lu comment fabriquer un petit insecte dans un livre. Comme Justin lui avait raconté que tu aimais les blagues, il a pensé que tu trouverais ça drôle. C'était un cadeau, en fait. Mais ça le gênait que tu saches que c'était lui.

– Les garçons sont trop bêtes, déclare Grace.

– Ils sont tartignolles, approuve Shannon.

– De vraies nouilles, ajoute Cléo.

– Des dingos à tête de pioche, renchérit Trésor.

Hannah croise les bras sur sa poitrine.

– Donc, dit-elle d'un air de défi, tout le monde est d'accord… je n'ai rien fait.

Cléo lève la main.

Carrie lui donne la parole.

– Tu es très souvent méchante avec Lili, déclare-t-elle doucement. Tu lui dis des choses horribles et tu essaies tout le temps de la rabaisser.

Je suis super-reconnaissante à Cléo de prendre ma défense.

Hannah paraît surprise.

– Mais je ne lui ai jamais joué de tour ! insiste-t-elle.

– Oh si ! Le pire de tout, c'est quand tu as détendu la sangle de la selle de Cannelle et que je suis tombée dans son pipi !

Je me tourne vers Carrie.

– Tu étais là, tu t'en souviens ? C'était le jour où tu as commencé à m'apprendre à sauter. Tu es partie répondre au téléphone et Justin et moi, on a laissé Hannah seule avec Cannelle le temps d'aller aux toilettes. Et après, Hannah était morte de rire que je sois tombée dans le pipi de Cannelle.

– Je n'y suis pour rien ! s'écrie Hannah.

– Ne mens pas ! Tu as ri !

– D'accord, j'ai ri. Parce que c'était drôle.

Mais je n'ai pas touché à ton crétin de cheval !

– Elle dit sûrement la vérité, intervient Trésor. Hannah a très peur des chevaux.

– Toi, tais-toi ! aboie-t-elle.

– Pas de ça, Hannah, se fâche Carrie, sévère, avant de se tourner vers moi. Lili, tu as bien vérifié la sangle ?

– Oui, avant d'aller aux toilettes.

– Mais quand tu es revenue ? Les chevaux adorent faire des blagues, eux aussi. Ils gonflent leur ventre et après, la sangle n'est pas assez serrée. C'est pour ça qu'on la vérifie juste avant de monter.

Carrie a beau parler d'une voix très douce, j'ai l'impression de recevoir un coup de poing dans le ventre.

– Tu as fait beaucoup d'hypothèses, Lili, continue Carrie. Mais agir quand on n'a pas de certitudes, c'est un bon moyen de foncer dans le mur.

– Tu vois ? triomphe Hannah. Je suis totalement innocente.

– Pas totalement, rectifie Carrie. Combien de fois je t'ai dit de ne pas rabaisser Lili ? Tu es parfois très dure.

– Ça, c'est sûr ! s'exclame Shannon. Je me sentirais vraiment mal si on me parlait comme ça.

Hannah cligne des yeux, comme si elle n'arrivait pas à croire ce qu'elle entend.

Cléo lève à nouveau la main. Mais cette fois, elle n'attend pas que Carrie lui fasse signe.

– C'est horrible d'être dans un dortoir où deux filles se détestent. Des fois, ça me donne mal au ventre. J'aimerais vraiment que notre dortoir soit un endroit où on se sente bien.

– Moi aussi, acquiesce Grace.

– Moi pareil ! ajoute Shannon.

– Et moi aussi, renchérit Trésor. Je ne suis pas venue en colo pour cette ambiance pourrie !

Je regarde Hannah. J'ai du mal à imaginer qu'on puisse devenir amies. Mais ce serait déjà bien si on arrêtait d'être ennemies.

– Hannah, dis-je, je suis désolée que ma blague ait mal tourné et que tu te sois blessée.

– Il y a de quoi, rétorque-t-elle, avant de se tourner vers Carrie et d'ajouter : Je ne trouve pas ça juste qu'on s'acharne contre moi. C'est vraiment la faute de Lili.

– Aaaaaaah ! crie Trésor. T'as pas d'oreilles ou quoi ? T'as pas entendu tout ce qu'on vient de dire ?

Hannah recule, comme si Trésor l'avait giflée.

– Qu'est-ce que vous voulez que je fasse ?

– Que t'arrêtes de rabaisser Lili, répond Shannon.

– D'accord, promet Hannah. J'ai une idée : et si Lili et moi, on ne se parlait plus jusqu'à la fin de la colo ? Ça pourrait marcher.

– Si c'est ce que tu veux…

Carrie secoue la tête.

– Ce n'est pas une solution. Le silence aussi peut faire mal. Ne pas se parler et garder son ressentiment pour soi n'a jamais résolu aucun problème. Ça peut même finir par tout empoisonner.

Elle paraît triste, tout à coup, comme si elle se rappelait un mauvais souvenir. Puis elle se ressaisit et reprend :

– Je vais vous lire un poème que m'a fait découvrir ma prof d'anglais. C'est d'Edwin Markham. Je l'emporte partout avec moi.

*Il traça un cercle qui m'excluait,*
*Moi l'hérétique, le rebelle, le bon à jeter.*
*Mais l'amour et moi avons été plus malins :*
*Nous avons tracé un cercle autour du sien.*

Le regard de Carrie se pose sur chacune d'entre nous.

– Un cercle plus grand, mes petites chéries. Un cercle plus grand.

Puis elle s'étire et ajoute :

– Bon, la journée a été longue… et fatigante.

– C'est peu de le dire, marmonne Grace.

– Mais… on n'a rien réglé ! proteste Cléo.

Carrie secoue la tête.

– On ne peut pas régler un problème aussi profond en une seule fois, Cléo. Ce que je voulais, c'est qu'on fasse un premier pas. Je pense qu'on est allées aussi loin qu'on le pouvait ce soir. Il est temps d'aller dormir.

On se prépare en silence. Mais ce n'est pas un silence hostile. C'est juste parce qu'on est chacune dans nos pensées.

Quand j'ai fini ma toilette, je grimpe dans mon lit.

Les lumières s'éteignent, mais je mets longtemps à trouver le sommeil.

# CHAPITRE 20

*Chers papa et maman,*

*Je vous envoie la même lettre à tous les deux, même si ça m'oblige à la recopier (comme ça, vous saurez que c'est important pour moi).*

*D'abord, je dois dire que je suis vraiment désolée de m'être mise dans le pétrin et d'avoir dû vous téléphoner. La bonne nouvelle, c'est que je pense avoir appris quelque chose. Je vais m'expliquer plus loin.*

*Ensuite... Oh là là, c'est dur à écrire, mais il faut que je le dise. J'ai été très gênée quand vous avez commencé à vous rejeter la faute l'un sur l'autre, au téléphone.*

*Si j'ai fait cette blague, c'est que je n'arrivais pas à faire la paix avec Hannah… Comme vous deux.*

*On a eu une réunion de dortoir hier soir et Carrie de Kiev nous a dit que rester fâché n'était pas bon. Elle nous a dit aussi que se taire et garder son ressentiment pour soi pouvait faire beaucoup de dégâts. Ça m'a rendue triste que Hannah et moi, on se déteste autant… Je me suis dit que j'allais essayer de trouver une solution.*

*À la fin de la réunion, Carrie nous a lu un poème que j'ai adoré. Je voudrais vous l'envoyer, parce que je vous aime tellement tous les deux. Le voilà :*

Il traça un cercle qui m'excluait,
Moi l'hérétique, le rebelle, le bon à jeter.
Mais l'amour et moi avons été plus malins :
Nous avons tracé un cercle autour du sien.

*Aujourd'hui, je vais essayer de dessiner un cercle assez grand pour nous contenir toutes les deux, Hannah et moi. Je vais lui proposer de l'aider avec ses béquilles. J'ai un peu peur qu'elle se moque de moi ou me rejette, mais si je n'essaie pas, je ne le saurai jamais.*

*Est-ce que vous pouvez essayer de ne plus être si fâchés l'un envers l'autre ?*

*Je vous aime,*

## CHAPITRE 21

– C'est pas vrai ! s'exclame Kelly.

On est assises au pied d'Albert et je viens de leur raconter que je me suis trompée, que ce n'est pas Hannah qui m'a joué tous ces tours.

– Tu veux dire qu'on a fait tout ça pour rien ? s'exclame Brandi. Flash info ! Flash info ! Flash info ! Lili Graffiti craint du boudin !

– Je sais ! Je suis désolée !

– N'empêche, c'était une blague géniale, déclare Kelly, un sourire aux lèvres.

– C'est clair, reconnaît Brandi.

On se regarde toutes les trois et on sourit. On n'a même pas besoin de mots : je sais qu'à cet instant précis, on pense exactement la même chose. Primo, que même si ça a mal tourné, on s'est bien amusées. Et deuzio, que… Bon, ça, on ne l'avouera jamais à voix haute.

– Ça craint, quand même, répète Brandi.

– Qu'est-ce qu'il faut que je fasse ? Que je boive du bouillon de crottin ?

Brandi et Kelly font semblant de vomir.

Hannah et moi, on n'échange pas un mot pendant tout le déjeuner. Mais entre nous, ce n'est pas le même silence qu'avant. Ce n'est pas qu'on se déteste, c'est qu'on ne sait plus très bien comment se comporter l'une envers l'autre. On peut croire que le silence, c'est toujours du silence, mais non, ça peut être très différent.

Alors qu'on sort du réfectoire, je vois qu'elle a du mal à porter son sac de plage avec ses béquilles.

Je m'approche.

– Tu veux que je le porte pour toi, Hannah ?

Elle se mord la lèvre, puis me tend son sac d'un geste.

On descend le chemin qui mène au lac. On avance lentement, bien sûr, à cause des béquilles.

Aucune de nous deux n'ouvre la bouche. Ça me met un peu mal à l'aise, mais c'est déjà un début.

Je ne suis pas douée pour rester longtemps silencieuse. Je finis par craquer.

– Hannah, jusqu'à hier soir, je croyais vraiment que c'était toi. Mais c'est ma faute si tu t'es fait mal, alors ça me paraît normal de t'aider à porter tes affaires… si tu es d'accord, bien sûr.

Elle me regarde, l'air de dire : « Aucune envie que tu touches à mes affaires. » Mais peut-être pas. Peut-être que je me fais des idées. Elle répond seulement :

– D'accord.

Un mot, c'est déjà mieux que rien.

Une fois sur la plage, Hannah se dirige vers son groupe et moi, je rejoins Colin et Peter dans la mare aux Têtards.

Je regarde Colin nager deux tours en crawl. Il lève la tête et me fait un signe de la main. Je me demande si je vais lui dire que je suis au courant, pour la lettre.

Puis je pense que ça le gênerait sûrement… et moi aussi.

Alors à la place, je crie :

– Hé, Colin ! C'est la première fois que tu nages aussi longtemps !

Peter sourit.

– Mes deux Têtards préférés vont pouvoir passer le test bientôt.

Il nous fait faire des tours. J'essaie de nager le crawl, mais je fatigue trop vite.

À la fin du deuxième, alors que je lève la tête, j'aperçois Hannah sur le ponton.

– C'est plus facile de nager longtemps en nage indienne. Je pense que tu tiendrais huit tours sans problème, déclare-t-elle, avant de poser ses béquilles et de retourner vers la plage.

Quand la baignade est terminée, je porte à nouveau son sac jusqu'au dortoir. On ne se parle toujours pas, mais c'est différent quand même.

Cléo sourit en nous voyant arriver ensemble.

– Je vais aux écuries, dis-je à Hannah. Si t'as besoin de quelque chose avant que je parte…

– Qu'est-ce que tu vas faire ? C'est pas l'heure de ton cours…

– J'aime bien brosser Cannelle et passer du temps avec elle. Tu peux venir si tu veux… Il y a une chaise dans l'écurie si tu n'as pas envie de rester debout.

– C'est clair que je m'ennuie. D'habitude, pendant le temps libre, je fais de la gym… mais à cause de ma cheville, je ne peux plus.

Je sais qu'elle cherche à me culpabiliser. Mais je me fais peut-être des idées, encore une fois… Elle ne se rend peut-être pas compte.

J'ai envie de lui crier : « Arrête de m'envoyer des piques !… Je me suis excusée, c'est bon maintenant ! » À la place, je compte jusqu'à dix. C'est une méthode que m'a apprise Max pour ne pas regretter d'avoir parlé trop vite.

– Allez, viens, dis-je en ramassant son sac à dos.

Elle pousse un soupir, mais se lève à l'aide de ses béquilles et me suis.

Une fois aux écuries, lorsque j'ouvre la porte du box de Cannelle, Hannah garde prudemment ses distances.

J'accroche le licol au mur, puis je montre la chaise à Hannah.

– Tu peux t'asseoir…

Mais elle ne bouge pas. Elle semble partagée entre l'envie de rester et l'inquiétude.

– Elle est vraiment grande !

– Tu devrais la laisser te renifler…

– C'est ce que m'a conseillé Carrie, mais j'ai peur qu'elle me morde.

– Montre-lui juste le dos de ta main. Tu n'es pas obligée de lui présenter tes doigts…

Hannah tend la main. Cannelle baisse un peu la tête.

– J'aime bien sa tache blanche, confie Hannah.

Carrie nous jette un coup d'œil en passant devant le box. Elle me fait un signe de tête et s'éloigne sans rien dire, mais je sens qu'elle est contente de moi.

– J'avoue, j'aurais jamais cru voir ça un jour…

Le dîner vient de se terminer. Justin et moi on se dirige vers la cabane atelier.

– Quoi ?

– Hannah Burton et toi qui marchent l'une à côté de l'autre sans que des étincelles fusent au-dessus de vos têtes !

J'éclate de rire.

– Je ne pense pas qu'on deviendra amies. Mais ça fait du bien de ne plus se détester !

# CHAPITRE 22

Carrie souffle dans son sifflet.

– Bon, les filles, je veux que cette pièce soit nickel pour l'arrivée de vos parents !

C'est le week-end des visites. La plupart des parents viennent le premier jour, mais la colo a institué un deuxième jour pour les enfants de parents divorcés.

Visiblement, les miens ne sont pas les seuls à ne pas s'entendre.

– Vous n'avez plus qu'une heure, ajoute Carrie. Les parents débarquent à dix heures !

Je bous d'impatience à l'idée de voir papa. Je veux lui montrer Cannelle. Et j'ai une surprise pour lui.

On s'active à fond. Je pensais aider Hannah, mais tout le monde lui donne un coup de main. Et de son côté, elle fait ce qu'elle peut, ce qui est sympa.

Jamais notre dortoir n'a été aussi propre. Je n'avais pas réalisé que « jour de visite » voulait dire « matinée de ménage » !

Dans sa dernière lettre, papa m'a écrit qu'il était tellement impatient de me voir qu'il aurait aimé que les parents puissent venir avant dix heures.

C'est drôle, ça ne lui ressemble pas : il est plutôt du genre en retard qu'en avance. Je me souviens que maman et lui se disputaient souvent parce qu'il venait me chercher à l'école en retard.

On attend nos parents autour du drapeau. La colo a installé des tables avec du café et des viennoiseries, et aussi des jeux pour nous occuper. Mais comme on aperçoit le parking d'ici, la plupart des enfants surveillent l'arrivée des voitures.

Soudain, je vois un éclair rouge.

C'est la Pimienta de papa ! Je dévale la colline vers le parking. Puis je m'arrête net. Cette voiture qui vient de se garer juste à côté... C'est celle de Max ! Est-ce qu'ils se sont trompés en croyant que c'était leur jour ?

Mon ventre se noue. JE NE VEUX PAS que papa et maman se disputent sur le parking !

Tandis que papa et Mlle Isobel sortent de la Pimienta, maman et Max descendent de leur voiture. Ils se saluent et se sourient.

Qu'est-ce qui se passe, bon sang ?

Je ne bouge pas. Je ne sais pas si je dois courir ou quoi. Papa et maman se parlent un moment, puis se dirigent vers moi.

– Lili ! crie maman, en me tendant les bras, un sourire aux lèvres.

Je la regarde, puis papa.

– Qu'est-ce qui se passe ?

– Il faut qu'on te parle, explique-t-il.

– Est-ce que tu connais un endroit tranquille où on pourrait s'installer ? demande maman. Juste nous trois ?

– Et Max et Isobel ?

– Ne t'en fais pas pour eux. Ils savent qu'on veut te parler.

– Euuuh… ça vous dérange de vous asseoir par terre ?

Papa et maman se regardent, puis haussent les épaules.

– Ça me va, dit maman. C'est l'été et on est en colo !

– Alors je connais un arbre super. Il s'appelle Albert et c'est là qu'on se retrouve pour parler avec Brandi et Kelly.

– Allons-y, dit papa.

– Minute ! Je n'ai même pas dit bonjour à Max et Isobel !

Je cours vers eux et je les embrasse rapidement, puis j'emmène papa et maman au pied d'Albert.

D'un côté, je suis inquiète, de l'autre perdue, et finalement, je ne sais plus du tout où j'en suis. Qu'est-ce qui se passe, mais qu'est-ce qui se passe ?

Ce qui se passe, déjà, c'est qu'on marche tous les trois côte à côte. Je n'arrive pas à me souvenir de la dernière fois où c'est arrivé.

– Alors, c'est lui Albert ? demande papa en posant la main sur son tronc. Ravi de te connaître, Albert.

Je pouffe.

On s'assoit par terre.

– Très bel arbre, approuve maman.

– C'est clair que c'est un endroit idéal pour mettre sur pied des tours pendables, dit papa.

– Allons, Phil, intervient maman.

Mais elle n'a pas l'air fâchée. Presque amusée.

– Désolé.

– Est-ce que vous pouvez m'expliquer ce qui se passe, maintenant? Ma tête va exploser!

Ils se consultent du regard. Puis maman plonge la main dans son sac, et papa dans sa poche. Ils en sortent l'un et l'autre une feuille de papier.

– Voilà ce qui se passe, déclare papa.

Je reconnais ma lettre.

– Vous m'en voulez à cause de ce que j'ai écrit?

Maman secoue la tête. Je vois des larmes briller dans ses yeux.

– Oh, ma chérie, on ne t'en veut pas. On s'en veut parce qu'il a fallu que ce soit toi, notre formidable fille, qui nous obliges à nous remettre en question.

– Ce n'était pas facile, continue papa. Je sais que tu as été gênée par notre dispute au téléphone devant Mlle Flo. Moi aussi, j'ai été gêné. J'ai eu honte. Et après avoir reçu ta lettre, j'ai décidé d'en parler à ta mère.

– Et moi aussi, de mon côté, j'ai décidé d'en parler à ton père, complète maman en souriant. Ça s'est très bien passé. Ton père a appelé juste au moment où j'allais décrocher le téléphone. Dis-lui la première chose que tu m'as dite, Phil…

Papa sourit.

– Je lui ai dit : « Il faut qu'on trace un cercle plus grand. »

Il se lève et tend les mains. Maman se lève aussi.

– Viens, Lili, dit-elle dans un souffle.

Je me lève à mon tour.

Ils passent les bras autour de mes épaules.

– On n'est pas capables de vivre ensemble,

dit doucement papa. Mais on est tout à fait capables de faire des efforts pour s'entendre. Pour toi, Lili.

Je me mets à pleurer.

Mais je ne suis pas triste du tout.

# CHAPITRE 23

On me dit souvent, à moi, Lili Graffiti, que j'ai beaucoup d'imagination. Mais jamais je n'aurais imaginé pouvoir présenter Cannelle à maman, papa, Max et Isobel en même temps.

Quand je l'appelle, la jument sort la tête de son box.

– Comme elle est belle ! s'exclame Mlle Isobel.

– Tu montes vraiment sur ce truc immense ? demande Max.

– J'adorais les chevaux quand j'étais petite, me confie maman.

– On va te regarder monter, Lili, déclare papa.

Carrie, qui a assisté à la scène, me laisse lui mettre sa selle et son filet. Je vérifie que la sangle est bien ajustée – plutôt deux fois qu'une.

Carrie me fait un clin d'œil.

Je hisse ma jambe par-dessus la selle.

– Au pas, dis-je à Cannelle.

On rentre dans la carrière, au centre de laquelle Carrie a installé une barre basse. À son signal, je donne un petit coup de genoux, et Cannelle passe au trot. On fait plusieurs tours, puis on franchit la barre d'un petit saut bien net.

Carrie lève le pouce dans ma direction.

– Magnifique, Lili ! me crie maman.

Je pose le pied à terre.

– J'ai un autre truc à vous montrer, leur dis-je à tous les quatre. Il faut juste que j'enfile mon maillot.

Quand je suis prête, on descend au lac. Les parents de Justin sont déjà sur le

ponton. Papa et maman ont dû les prévenir qu'ils venaient ensemble, parce que les Morris ne tombent pas dans l'eau en les apercevant.

Je me tourne vers mes parents.

– Vous vous rappelez que je ne savais pas nager ? Eh bien, regardez !

Je cours jusqu'au bout du ponton et je saute.

Je rejoins le rocher d'escalade en nage indienne. Justin m'attend en haut de l'échelle et me tend la main pour m'aider à grimper.

Il sourit.

– Bienvenue à bord, Lili. Je savais que tu finirais par venir, tôt ou tard !

La montagne se dresse au-dessus de nous.

On grimpe ensemble jusqu'au sommet, puis on se tourne vers la plage. Nos familles sont là : les parents de Justin et mes deux familles mélangées.

Mais on voit aussi autre chose.

Le lac bleu, magnifique, nous entoure comme un cercle géant.

Au-delà s'étend la forêt… et le vaste monde.

Moi, Lili Graffiti, je trouve que la vie est belle.

Née en 1944 à Washington DC, **Paula Danziger** a passé son enfance à New York. Elle a commencé à écrire tout en exerçant différents métiers qui allaient la mettre en contact avec les enfants. Le succès croissant de ses livres l'encouragea alors à réaliser son rêve : devenir écrivain à temps complet. Elle avait créé, en 1994, s'inspirant de sa nièce Carrie, l'inoubliable personnage de Lili Graffiti, dont les jeunes lecteurs ont suivi avec enthousiasme les aventures jusqu'à la disparition de l'auteur, en 2004.
Dix ans plus tard, fidèles à sa volonté de poursuivre la série, deux de ses amis, **Elizabeth Levy** et **Bruce Coville**, ont décidé de reprendre le fil de l'histoire. Elizabeth Levy a écrit de nombreuses séries pour la jeunesse, dont plusieurs épisodes de la série *Starwars.*
Bruce Coville est lui aussi auteur de nombreux livres pour la jeunesse, dont certains titres, comme *Mon prof est un extraterrestre*, ont été publiés chez Pocket Jeunesse.

**Anthony Lewis** est un illustrateur anglais né en 1966. Diplômé de l'École d'art de Liverpool, il a illustré à ce jour plus de 300 livres pour enfants pour différents éditeurs à travers le monde.

**Les aventures de Lili Graffiti**
**dans la collection Folio Cadet *premiers romans***

**Lili Graffiti** *n° 341*
Lili et Justin sont inséparables. Elle l'aide en rédaction et il résout ses fractions. Mais Justin va déménager à des milliers de kilomètres.

**Les vacances de Lili Graffiti** *n° 342*
Dernier jour de classe. Lili part retrouver son papa à Paris. Mais les retrouvailles sont difficiles. Les histoires de grandes personnes sont si compliquées !

**La rentrée de Lili Graffiti** *n° 362*
Lili Graffiti entre au CM1, mais son papa n'est pas là, ni Justin, son meilleur ami. C'est décidé, elle ne se lèvera plus, ni demain, ni les jours suivants.

**Courage, Lili Graffiti** *n° 366*
Lili Graffiti n'a pas de bonnes notes. Et sa maman est en colère car elle refuse de rencontrer son nouveau fiancé, Max. Lili a peur qu'il prenne la place de son papa.

**Un nouvel ami pour Lili Graffiti** *n° 380*
Max, le fiancé de la mère de Lili, l'a demandée en mariage et la famille risque de déménager. Génial : Lili va rater l'école et retrouver Justin !

**Lili Graffiti voit rouge** *n° 390*
Drôle de vie pour Lili. Son père revient et lui demande de venir vivre chez lui à mi-temps. La garde partagée? Lili se sent carrément coupée en deux.

■■■

**Rien ne va plus pour Lili Graffiti** *n° 396*
Lili Graffiti ne sait pas si elle doit passer les vacances de Noël avec sa mère ou son père. En plus, il faut qu'elle s'habitue à une autre maîtresse.

■■■

**Moi, Lili Graffiti** *n° 411*
Lili Graffiti a accepté le divorce de ses parents. Il y a aussi des avantages: fêter Noël avec son père et fêter en plus Hanoukka avec le fiancé de sa mère. Lili profite aussi de la situation pour se faire percer les oreilles.

■■■

**Lili Graffiti est verte de jalousie** *n° 458*
Réunir dans la même ville ses parents ne résout pas tout, surtout quand Lili Graffiti apprend que sa mère va épouser Max, qu'ils envisagent de déménager et d'avoir un bébé…

■■■

**Lili Graffiti voit la vie en rose** *n° 610*
Maman et Max se marient et moi, Lili Graffiti, je vais être demoiselle d'honneur. Mon copain Justin fait exprès le voyage. Youpi! Mais j'ai aussi de la peine pour papa qui ne sera pas de la fête…

■■■

**Lili Graffiti déménage** *n° 638*

Lili Graffiti est toute chamboulée. Sa maman et Max déménagent. Lili n'a pas du tout envie de faire ses cartons ni de laisser la maison de son enfance. Mais ses meilleures amies sont venue l'aider…

■■■

Maquette : Karine Benoit

ISBN : 978-2-07-508094-1
N° d'édition : 311953
Loi n° 49-956 du 16 juillet 1949 sur les publications destinées à la jeunesse
Dépôt légal : avril 2017
Imprimé en Espagne par Novoprint (Barcelone)